CHARACTERS
登場人物紹介
シルバ
魔獣フェンリル。
ミヅキの従魔で
高度な魔法を自在に操る。
ミヅキが何よりも大事。
シンク
鳳《ほう》凰《おう》の雛。
ミヅキに命を救われ、
従魔の契約を結ぶ。
ミヅキ
事故で命を落とし、幼女として
転生してしまった。
異世界ではトラブルに
巻き込まれがち。
周囲が過保護すぎるのが悩み。

プルシア
伝説のドラゴン。
ある日、突然王都に
現れて……？
デボット
元奴隷商人。
ミヅキに救われた
過去を持つ。
コジロー
短剣使いの忍者。
ギルドでは、ミヅキの講師を
務める。
無口だが愛情深い。
ベイカー
誠実で頼りがいのある
A級冒険者。
ミヅキの保護者で、
彼女には常にデレている。

プロローグ

私、ミヅキは前世で事故に遭い、命を落とした。

気がつくと幼子に転生してこの世界で一人さまよっていたのだ。そこで私はミヅキと名乗り、前世の時に飼っていた愛犬の銀にそっくりなフェンリルのシルバと、可愛い鳳凰《ほうおう》のシンクに出会う。

私はシルバとシンクと従魔の契約をして意思疎通が出来るようになった。

町では過保護なベイカーさんや怒らせると怖いセバスさん達に助けられ、トラブルに巻き込まれながらも楽しい生活を送っている。

そんなある日、お世話になってる食堂の女将リリアンさんに頼まれて、王都でお店を開く手伝いをする事になったけど……案の定トラブルに巻き込まれて誘拐されてしまった。

しかし、以前に出会った元奴隷商人のデボットさんやベイカーさん、シルバ達に気がついたら助けられた。

そしてとうとう私は、王都でレオンハルト様と再会した。

神様、せっかく来たこの世界……もう少し、ほっといて下さい……

一　日常

久しぶりの再会に私と話をしたそうなレオンハルト様。

私の誘拐の件でお仕事があるらしく、側近のユリウスさんとシリウスさん達に挟まれ、デボットさんを連れてゼブロフ商会に向かっていった。ゼブロフ商会と親密な関係にある誘拐事件の関係者、ビルゲートの事も話しておいたので見つけてくれる事を期待する。

残念そうなレオンハルト様達を見送ると、私達は一度落ち着こうとマルコさんの屋敷に戻る事にした。コジローさんがドラゴン亭に寄って私達の事を伝えておいてくれるらしい。そしてそのまま一度ギルドに戻ってライアンの取り調べを行うそうだ。

「ミヅキさん！」

「ミヅキ！」

マルコさんやエリー、屋敷の皆が心配した顔で出迎えてくれた。

「ご無事でよかった……」

マリーさんは私の姿を確認すると目に涙をためて喜んでくれている。エリーも泣くほど心配してくれたのか目が赤く腫れていた。

「ご心配おかけしました。皆さんが街中捜し回ってくれたとお聞きしました。本当にありがとうございます」

安心させるために笑顔でお礼を言うと、屋敷の人達もやっと人心地がついたように安堵の表情を見せた。

「ドラゴン亭に来ていた貴族の方々もお力を貸して下さいました。これもミヅキさんの人柄のおかげですよ」

マルコさんの言葉に皆も同意するように頷く。

「もう無事だって事は、捜してくれてる皆には伝わったんですかね？」

これ以上騒がせても悪いし……恐る恐る聞く。

「ええ。ジルさんが皆に伝えて瞬く間に広がっていきましたので大丈夫ですよ」

ジルさん！　ありがとう～。今度お店に来たらコロッケを奢ろう！

「あっ、そうだ！　今回迷惑をかけた人達に何かお礼をしたいんだけど……いいかな？」

シルバ達とベイカーさんをうかがうように上目遣いで見ると、好きにしろと苦笑される。

「ミヅキ、何か作るなら手伝うぞ！」

コジローさんから話を聞いて屋敷に急いで戻ってきたルンバさん達が、ちょうど私達の話が聞こえたようで声をかけてきた。

「俺にも出来る事があるなら手伝うよ！」

ポルクスさんも笑っている。二人がいれば心強い！　よーし！　何作ろうかなぁ……

美味しい物を作って皆が喜ぶ顔が目に浮かぶ！

ドラゴン亭は申し訳ないけどあんな騒ぎがあったので臨時休業にして三日後にお世話になった皆を招待する事にした。ルンバさんとポルクスさんと何を作ろうかと話し合う。

準備を進めている最中、ゼブロフ商会に行ったシリウスさん達から連絡があり、王宮に行き誘拐された経緯を詳しく話す事に。ちなみにビルゲートの行方は分かっておらず、まだ捜索が行われているが、どうも王都は出ていってしまったらしく捕まえるのは難しそうだ。

私はシルバ、シンク、ベイカーさんと王宮に向かう。

もうどこに行くにもこの三人がピッタリと離れなくなってしまっていた……

まぁしょうがないよね……

話は通ってるらしく王宮の門もスムーズに通って、レオンハルト様とユリウスさん、シリウスさんの待つ部屋へと案内された。案内された部屋に行くと扉の前に兵士が立っていて扉を開けてくれる。お礼を言って中に入ると、三人が待っていた。

「この度は御足労いただきありがとうございます」

ユリウスさんがそう言って席へと促す。私は頷いて中央の椅子に座り、膝にシンクが、横にベイカーさんとシルバが当然のように座った。

「凄いガードだな……」

今なら誰もミヅキに手を出せなそうだとレオンハルト様も唖然としている。

王子よりも手厚い警護ってどうなんだ？

「それでどうなりました？」

ベイカーさんが尋ねるとレオンハルト様が頷き話し出した。

「ゼブロフ商会とブスターの屋敷の地下からは色々とやばい物が見つかった。まずは奴隷達だ、表にいたのは全て子供で大人になるとどこかに連れて行かれていたようだ……」

ユリウスさんが顔を歪めると、続きを話す。

「ブスターは屋敷の地下で違法な実験を繰り返していたようです……ミヅキが捕まっていた更に奥の部屋から人骨が見つかりました……そして保護した奴隷達も体の一部分が欠損している子も……本当に胸糞《むなくそ》悪い屋敷だ」

嫌悪感を露わにする。

私はオイの事を思い出す。オイのツギハギだらけの体……奴隷達の体を使っていたのかもしれない。オイも奴隷達もあのブスターの犠牲《ぎせい》者だ。

「奴隷達は一度保護したが、また奴隷として売り出される事になると思います」

「えっ……？　だって、そんな酷い扱いを受けていたのにまた奴隷になるの？」

「そうですが……奴隷である以上しょうがないのです。彼らは自分の値段を稼いで自分で自分を買う以外、奴隷から抜けられないのですから……」

「デボットさんは？」

「彼は犯罪奴隷です。決められた刑期を奴隷として過ごさなければなりません！」

シリウスさんが語尾を強くする。デボットさんへのあたりが皆強い……

「彼らは買い取った主人がいなくなったので、再び買われるまでそのままです。しかし体が不自由な彼らが買い取られる事はあまりないかも知れません」

確かデボットさんは買い取られずに残されて、そのまま奴隷商人になったと言っていた。

その子達もそうなってしまうのだろうか……何それ……酷すぎる。

「買い取られないとどうなるの？」

「そのままそこで働く道もありますが、傷が酷い者はそこから病気になったりして……」

ユリウスさんも言いながら複雑そうな顔をする。全てを助ける訳にはいかないのだろう……

「ゼブロフ商会は取り潰しとなりました。従業員達には事情を知らない者もいたようなので、これから詳しく事情を聞いて各々処分を言い渡していきます。深く関わっていた側近達は皆犯罪奴隷落ちですね」

私は複雑な気持ちになる……なんか、誰も幸せになれない終わり方なんてやるせない。

「それで？　当のブスターが死体も何も見つかっていないんだか？」

レオンハルト様が私を見てくるので、捕まってからの経緯を話した。

バーン!!

ベイカーさんとシリウスさんが私の話を聞くなり机を思いっきり叩いた。

びっくりした……私は思わず竦んでしまう。

「ミヅキ……その話は聞いてないぞ。馬乗りになって叩かれたって？」

ベイカーさんが殺気を放って私の方を見る。周りの空気がピリつくのが分かった。

「だ、だって……聞かれてないし、今でもアイツの顔を思い出すと震える。でもここで怖がって閉じこもって泣いたりなんかしたらアイツに負けた気がする！　そんなの助けてくれたオイの為にもしちゃいけないと思うんだもん」

　ベイカーさんの目を見てしっかり答えると殺気が緩んだ……思わずホッとして息を吐いた。

「で？　そのクソ野郎の死体はどうしたんだ？　そのオイって子供が真っ二つにしたんだろ？　そんな死体どこにもなかったぞ」

「それは……」

　シルバを見ると、言えばいいと頷かれる。

「シルバが闇魔法で消滅させちゃった」

　はは……笑って誤魔化してみるが、皆の顔が引き攣っているのが分かった。

「闇魔法だと……使える奴に会うのは二人目だ。まぁフェンリルだから当然なのか？」

　えっ？　そんなに珍しい魔法なの？　ていうか二人目って事は……

「もう一人って誰ですか？」

「ミヅキも会っただろ。アルフノーヴァだ」

　ああ、納得。アルフノーヴァさんはセバスさんの師匠のエルフで何百年と生きているらしい。レオンハルト様の教育係で、この国の重役でもある人だ。

「相変わらずデタラメな従魔だな……」

　そう言われるが……私にとってシルバは頼りになる優しいモフモフの家族なんだけどな。

「まぁ、ブスターが生きていたとしても死ぬまで奴隷でしょうね。自業自得《じごうじとく》の因果応報、問題ないのでは？」

　ユリウスさんがそう言うと皆が頷いた。

「あとは……その魔石を使った人体実験ですね……今の所その事を話してる関係者はいませんでしたがもう少ししっかりと聞いてみましょう」

「ビルゲートが何か知ってるかもしれんが、全然足取りが掴めない。人当たりもよく、そんなに悪い噂もなかったがブスターと関わりがあった以上無実とは思えんな」

　ユリウスさんとシリウスさんが渋い顔をする。

「じゃあ、デボットさんとビルゲートの契約は無効になるの？」

　私は期待を込めて聞いてみる。

「こんだけ騒ぎが大きくなっているのに出てこないところを見るとやましい事があるんだろう……契約は無効だな」

　その言葉を聞いてホッとする。よかった、あの人の所にはデボットさんはいちゃいけない気がしてたから。一つ心配事がなくなった。

「デボットさんもまた他の奴隷と一緒に売られちゃうの？」

「そうなりますね、ブスターの奴隷達と共に市場に出します」

　市場に出す……そう聞いていい考えが浮かび、キランと目を輝かせた。

「その市場って私も行ってもいいんですか？」

　私の問いに皆が怪訝《けげん》な顔をする。

「ミヅキ何を考えてる？」

ベイカーさんがジロッと睨みつけて来るがふいっと顔を逸らした。

「べ、別に……デボットさんがどうなってるか見に行きたいなって思っ……」

「駄目だ！」

食い気味に言われた！

「お前の考えそうな事だが許さんぞ！」

まだ何も言ってないのに～！　私はプーッと頬を膨らませる。

「アイツはお前を誘拐したんだぞ！　そんな奴を側に置くなんて俺は認めない」

ベイカーさんの言葉を聞いて皆も反応してきた。

「ミヅキ……もしかしてあの奴隷買うつもりか？」

シリウスさんの心配する顔に「駄目かな？」と笑ってみせた。皆の心配する顔を見ると申し訳なく思うが、地下で会ったデボットさんはそんな事をする人には見えなかった。

「奴隷って主人に逆らえないんでしょ？　どういう原理か知らないけど」

「確かに魔法で契約して縛るから逆らえないな……そう考えると手元に置いとくのも悪くないのか？」

レオンハルト様の発言を受けて皆が一斉に王子を睨む。問題はアイツが私の側にいる事なのだとベイカーさんが怒っている。

「デボットさんにはやって欲しい事があるんだよね～！」

ニコッと笑うとベイカーさんがため息をついた。きっと私の顔を見て何を言っても無駄だと気がついたのだろう。

◆

「いいか！　絶対に！　側を！　離れるなよ！」

ベイカーさんからこの言葉を朝から何回聞いた事か……

もしかして振り？　これは離れろって振りなのか？　私がベイカーさんのボケに乗るべきか真面目に悩んでいるとヒョイッと抱き上げられてシルバの背に乗せられる。

「ここから降りるなよ！　まだビルゲートも見つかっていないんだから！」

【そうだ、ミヅキずっと乗っていていいんだぞ】

「はーい！」

私はシルバの背に乗ってご機嫌になる。

モフモフのシルバの背中！

ここならずっといてもいいや！

さすがにレオンハルト様やシリウスさんやユリウスさんは市場には来られないのでベイカーさんとシルバ、シンク、あと……

「ここからは少し治安も悪いですから気をつけて下さいね」

マルコさんが私達の会話に苦笑いを浮かべる。

「そうですよ、ミヅキ様。ちゃんと皆様の言う事を聞いて下さい！」

マリーさんにまで言われてしまうなんて……

私達だけだと市場の事はよく分からないので、商人でありこの王都にも詳しいマルコさんがついてきてくれる事になった。その護衛件お世話係のマリーさんも一緒に！

皆で歩いて行くといかがわしげなお店が増えてきた……何が材料なのか分からないような瓶詰めに、見た事もない生物の干物、なんのお店かも分からない。

キョロキョロと周りを見ながらシルバにしっかり掴まっている。

「あーははは！　子どーもだー！　いぬだー！　いぬつれてるーははは！」

大声で喚く男が私とシルバを指しながら大笑いしていた。その男の焦点は合っておらずどこか空を見ているようだった。

【あのおじさん、どうしたんだろ？】

【別に変な感じはしないが、うるさい奴だな】

シルバが言うには敵意も嫌悪も向けてはいないらしい……ただただ思った事を口に出しているようだった。怪訝《けげん》に思い見ていると、男がいる店の主人らしきおじいちゃんが出てきた。

「あー、お嬢ちゃんすまないね。息子……こいつは娘を亡くしてから不安症になっちまってね」

おじいちゃんが寂しそうに話した。この男の人はおじいちゃんの息子さんのようだ。

「娘が病にかかっちまってその治療の為に借金までしたんだが、結局娘は死んじまってこいつも奴隷落ちしちまったんだよ」

ははは！　男は悲しむおじいちゃんの横で構わずに笑っている。

「普段は大人しく物を運ぶくらいは出来るんだが……お嬢ちゃんくらいの子供を見ると騒ぎ出しちまうんだ。嫌な思いさせて悪かったな、決して手を出したりはしないから気にせず通ってくれ」

そう言ってお店の中に戻って行った。私はシルバに頼んで男の人に少し寄ってもらう。

「おじさん、娘さんの為にもしっかりしなきゃ。お父さんがそんなんじゃ安心して娘さんが眠れないよ」

そう言うと男の頭をそっと撫でた。

「おじさんは頑張ったよ。だからもう自分を許してもいいんだよ」

そう言って笑いかけると、バイバイと手を振ってベイカーさん達の後を追った。

◆

「ファング、この荷物外に運べるか？」

お店のおじいさんが息子に声をかけた。

しかし反応がない。不審に思い近づくと男は壁にもたれて眠っていた。

「おい！　ファング起きろ！」

全くこんな所で寝やがって、そう思い揺すり起こすとゆっくりと目を開いた。

「お、親父……？」

男は目を覚ますと目の前のおじいさんに声をかけた……その目は正気を取り戻している。

「お……前、俺が分かるのか？」

おじいさんが驚き震える声で聞き返す。

「俺は……ミミ……」

ファングは頭を抱えて目を閉じた。そして思わず娘の名前を口にする。何故急に正気に戻ったのか分からなかったが、また娘の事を思い出させてもよくないと思いおじいさんは黙っていた。

「親父……俺が不甲斐ないばかりにミミが泣いてたよ」

やはりまだミミが生きてると勘違いしているのか……おじいさんはなんと言ってやればいいのかと戸惑ってしまった。しかし男は泣きながら笑っていた。

「俺はミミの為にもちゃんと生きなきゃな、じゃなきゃミミが安心出来ないんだ」

「お前……ミミの事、覚えているのか？」

「娘の事を忘れるものか、一回は逃げちまったけど、もう目を背けねぇ……」

そう言うが涙が止まらない。

「だから…今だけ少し泣かせてくれ……ミミ……」

男は静かに涙を流した……

◆

「ミヅキ、あんまり知らない人に話しかけるなよ！」

ベイカーさんはあっちこっちに意識が向く私にハラハラしている。

だって市場は見た事もないものが沢山で気になって仕方ない。シルバは危険がないと判断すると私の言う通りに動いてくれるので、あっちにフラフラこっちにフラフラしてしまう。

「ミヅキ！　アイツを買いに行くんだろが、とりあえずそこに集中しろ！」

ベイカーさんに目的を思い出させられた。

「そうだね！　ベイカーさんもシルバも急いで！　急いで！」

私はシルバに急ぐようにお願いして、ベイカーさんに早く早くと手招きする。呆れるベイカーさん達を連れて目的の奴隷商にようやく到着する。そこには鉄の柵に入れられている奴隷達がいた……その中の一人の男が私と目が合うと叫び出した。

「お前……お前のせいで！　お前さえいなければ！」

他の者はチラッと私達を見ると、生気のない目で下を向く。

「お前がブスター様に逆らったりするから、俺達はこんな場所に入れられちまった！　どうしてくれるんだ！」

男は血走った瞳で柵に掴みかかりながら叫び続けている……大人の男に急に怒鳴られ、私は思わずビクッと身がすくみシルバの毛をギュッと握りしめた。

自分のした事で不幸になった人がいる……その事実を目の当たりにして何も言えなくなってし

まった。

するとベイカーさんが私を庇《かば》うように前に出て男を睨みつけた。

「ふざけるな！　自分のしでかした事を棚に上げて人のせいにするな」

【ミヅキ……降りろ。あのメイドの側にいるんだ】

シルバに言われ私はマリーさんの側に行った。マリーさんも男の言葉に血管を浮かしていたが、私が側に行くとニコッと笑い抱き上げてくれる。

「あんな馬鹿な人の言う事など聞かなくていいんですよ」

そう言うと私を優しく抱きしめて、大きな胸に顔を押し付けられた。

シルバは私がマリーさんに抱っこされるのを確認するとベイカーさんの隣に並んだようだ。

「自分の罪を子供に押し付けるなよ……」

ベイカーさんの怒気を孕んだ声が聞こえてきた。隣ではシルバも一緒に唸り声をあげている。

「な、なんだよ、俺に勝手に手を出す事なんて出来ないぞ！　しかもこの忌まわしい檻《おり》の中だ、傷つける事も出来ないだろ！」

ベイカーさん達が手を出せないのをいい事に男の態度が大きくなった。

「ふん！　俺はもう今は奴隷だ！　人の物になっちまったんだよ。だから俺を傷つける事は犯罪だ」

【何が犯罪だ、そんなもの知るか！】

シルバが牙を剥き出し唸っている。

「ヒィ！　そ、そんなバカでかい獣だってこの檻《おり》を通れまい！」

シルバの唸りに男は震え上がっている。だが檻《おり》の中にいるからか安全だと思っているみたいだ。

騒ぎを聞きつけ奴隷商人が奥から出てきた。ベイカーさん達が奴隷と揉めているのを見つけると駆け寄ろうとするが、マルコさんがそれを止めた。

「あっ！　マルコ様いつもありがとうございます」

「すみません、この方達は私の連れなんですよ」

マルコさんはベイカーさんとシルバを見つめる。

「中の奴隷が彼らの大切な人を傷つけましてね……少しお仕置きをしても大丈夫ですか？」

マルコさんがニッコリと笑って奴隷商人に尋ねた。

「す、すみません！　あの奴隷まだ自分の立場がよく分かってないらしく……死なければ何しても大丈夫ですから！」

奴隷商人は青い顔をしてどうぞどうぞと手を差し出した。マルコさんは満足そうに頷くと頭を軽く下げて、ベイカーさん達の元へ向かい何か耳打ちする。

そしてマリーさんと私の方にやって来た。

「ミヅキさん、あんな奴隷の言う戯言《ざれごと》など気にしなくていいんですよ。あんな汚い言葉をあなたが聞く必要はありません。しばらく耳を塞いでおいた方がいいですよ」

ニッコリ笑うとマリーさんに目配せをした。

マリーさんは頷くと私の顔を見つめてゆっくりと耳を塞いだ。

えっ？

気がつけばあっという間にガッチリホールドされてしまう……でもマリーさんの柔らかい胸が気持ちいい。私は心地いい弾力にウットリしてしまった。

◆

俺はミヅキがこっちを見てない隙にシルバに声をかける。

「シルバ、死なない程度に教えてやっていいぞ」

今にも襲い掛かりそうなシルバにボソッとつぶやく。

「な、なんだ！」

檻《おり》の柵の間隔からシルバが入れないのは分かっているのだろうが……あまりの迫力に限界まで男は下がった。シルバが檻《おり》に前脚をかけた瞬間グニャッと粘土《ねんど》のようによじれる。

今起きた事が信じられないようで男が言葉を失っていると、シルバは男の周りの檻《おり》を次々に曲げていく……

「う、うわぁぁ！」

男はシルバを避けるように檻《おり》の中を動く。

それに対してシルバは追い詰めるように檻《おり》を狭めていった。

「や、やめろ！　やめてくれ！」

男はシルバが曲げた檻《おり》に挟まれ身動き取れなくなった。シルバは更に脚を乗せて、格子ごとグッグッと押し付ける。

【このまま潰してやろうか】

シルバが唸ると、パタッと男は気を失い檻《おり》の中で倒れ込んだ。

【チッ、軟弱だな】

パシャ！　水魔法で顔に水をぶちまけると男の意識がすぐに戻る。

「何寝てんだ？」

「た、助けてくれ！」

男は格子の間から手を伸ばして俺の足にしがみつこうとする。

「そこにいれば安心なんだろ？　誰もお前を傷つけられないいんじゃないのか？　そこから出ていいのかよ、今度はそのままぺちゃんこにされるぞ」

突き放すように言うと男の手を蹴り飛ばした。

「そ、それは……」

「お前はこいつを怒らせ過ぎた、諦めな」

「わ、悪かった、謝るから、こいつを止めて檻《おり》から出してくれ！」

「分かった……檻《おり》から出せばいいんだな」

俺の言葉を聞いてシルバが仕方なさそうに後ろに下がる。俺は剣を取り出し構えた。

「えっ？　ど、どうする気だ！」

自分が切られると思ったのか慌てだす男をじっと見つめる。

「何って檻《おり》から出してやるよ」

「だ、出すってどうやって？」

「檻《おり》を切ってやる」

平然と答えると、男は何を言われたのか理解出来ないのか呆然としている。

俺は構わず男の足元に向かって剣を振り下ろした。

スパーン!!　と檻《おり》だけが綺麗に切れて男の足が自由になる。

「あ……んた……鉄が切れるの……か？」

男は檻《おり》を見つめていた。

「じゃあ次はここな」

俺は男の言葉を無視し、胸元を剣で指し示して振り下ろす。

「ぎゃぁぁ！」

男が胸をおさえた、その指の間から赤い血が滴る。

「ああ、悪い。怒りで手元が震えちまって思わず皮膚まで切っちまった」

平然と笑って謝った。

「次はここな」

そして首を指さす。

「い、いい、もういい！」

男が拒否するように頭を振る。

「別に動いてていいけど、その分手元が狂って深く切れるからな」

そう言うとピタッと男が止まる。その瞬間を見逃さずに剣を振った。

「ぎゃー！」

男が痛みから今度は首元を押さえる。

「あーあ、お前が動くからまた切っちまった」

「ち、違う、俺はう、動いてな、ない……」

「はぁー？　助けてやってるのに人のせいにする気か？」

その言葉に男がぐっと息を呑む。

「最後はここだな……」

頭を剣先でコツンと叩く。

「ヒィ！」

男がガタガタと震えだした。

「す、すみません、でした、許してくださ、さい。もう二度とば、馬鹿な事は、い、言いません」

「喧嘩《けんか》を売る相手はよく選ぶんだな」

俺は冷たく言い放つと、許す気はないと剣を思いっきり振り下ろした。

ガンッ！　剣は男の横スレスレに地面に叩きつけられた。

男は再び気を失い目をグルンと白目にして口から泡を吹いている。

「汚ぇな。おい、こいつを見えないところに片づけてくれ」

「本当にうちの奴隷達が失礼をしてすみませんでした」

奴隷商人が地面に頭をつけて謝ってきた。先程の男は違う檻《おり》へと移され奥にしまわれる。

「いえいえ、あなたも大変ですね。あんな奴を取り扱わないといけないなんて……」

マルコさんが憐《あわ》れみの表情を浮かべている。

「檻《おり》を壊してすまなかったな。弁償するよ」

俺はそう言うと収納から金を取り出した。

「いえ！　大丈夫です。これに懲りて大人しくなればこちらも助かりますから。なかなか言う事を聞かずに大変だったところですから」

商人は笑みを浮かべた。商人との話し合いがつくとミヅキの耳と目を解放してやった。

◆

ベイカーさん達からお許しが出たので、マリーさんの気持ちいい胸とお別れして地面に下ろして貰う。

「あれ？　さっきの人いなくなってる……」

檻《おり》もなくなってなんだかスッキリしていた。

「あの男は反省して奥に行ってますよ」

マルコさんにそう言われたので納得する。

きっと皆が怖い顔で怒ってくれたのだろう、皆怒ると怖いから……

でもそれよりも今はデボットさんの事だ！　私が待ちきれずにいると商人に奥へと案内される。

「こちらが今回王宮から連れてこられた奴隷達です。表に置く訳にもいかず、買い手は見つからないかもしれませんね」

商人が難しい顔をしながら奴隷を紹介する。

「これは……」

ベイカーさんは言葉を失い、私の前に立って視界を塞ごうとした。私はサッと避けて前に出た。

「ミヅキ！」

私は奴隷達を見て呆然とする。奴隷達は皆どこかの部位がなく目は虚ろ……それはオイを思い出させた。

「酷い……」

ボソッと思わず声が漏れる。

「ここまで酷い扱いを受ける奴隷はあまりいませんよ……余程前の所が酷かったようですね」

さすがの奴隷商人も顔を顰めていた。

「ここまで酷いと、全員を合わせても金貨一枚でも売れるかどうか」

はぁーとため息をついている。

「えっ金貨一枚？」

それなら私でも余裕で買える！　そんな私の様子にベイカーさんが険しい顔をした。

「ミヅキ、よく考えろよ。彼らは確かに可哀想だがどうにも使えんぞ。なんなら歩く事さえも難しいかもしれん」

「大丈夫！　考えがあるから！」

私がウインクすると更に怪訝《けげん》な顔を見せる。

きっとろくな事を考えてないだろうとでも思っているんだろう。

「あとはデボットさん……男の人の奴隷は来てませんか？」

キョロキョロと周りを見るがデボットさんの姿が見えない。

奴隷商人に聞いてみると心当たりがあるのか頷いている。

「ああ、あの奴隷は目玉商品なので奥の鍵付きの部屋に置いてありますよ」

「目玉商品？」

「若くて商人としての知識があり、体の欠損もなく健康で体力もあるので引く手数多ですよ。彼がいたからこの奴隷達を引き受けたんですからね」

目玉商品……と言う事は高いって事だよね？

「デボットさん……その人はおいくらなんですか？」

恐る恐る金額を聞く。

「あれは金貨五十枚ですね」

えっ！　五十倍!!

「アイツそんなに高いのか？」

ベイカーさんも金額にびっくりしていた。

「ミヅキ、高いしアイツは諦めろ！」

ベイカーさんがしょうがないと言うが……諦めきれない！

でもお金が……どうしようかと腕を組んで唸っていると奴隷商人が交渉をしてくる。

「もしあの奴隷達を一緒に買って貰えるなら……金貨四十五枚でどうでしょう？」

「えっ？　彼らが増えるのに安くなるの？」

不思議に思って聞き返す。

「彼らがいるだけでもいろいろとお金がかかります。しかも売れるかどうかも分からないのをずっと置いておく訳にもいきませんし、一緒だとお得になりますよ。どうですか？」

何だか深夜の通販番組みたいな売り方だが、悪くない。

ただ問題はお金だよね……さすがに金貨四十五枚も持っていない。借金なんかしたら皆に怒られそうだし……ベイカーさんに借りる訳にもいかないのでどうしようかと悩んでいると、マルコさんがニコニコと笑って声をかけてきた。

「ミヅキさん、良ければ私がお金をお出ししましょうか？」

えっ？　マルコさんが？　びっくりして見つめるとマルコさんはニッコリと笑って頷く。

「いえ……マルコさんからお金を借りるなんて……」

そんな事出来ないと言おうとすると。

「貸すわけではありません、ミヅキさんのお金ですよ。今回のドラゴン亭の出店に対しての給金ですがミヅキさんにお渡しする分を早めに支払いしますという意味です」

ああ、前借りって事か！

「でも、どっちにしろ金貨四十五枚だから足りないし……」

せっかくお金が増えるが足りるわけない、残念に思い肩を落とす。

「ミヅキさんにお渡しする金額は金貨五十枚を予定していますよ。だから足りますよね？」

「えっ？　金貨五十枚？」

金額間違えてない？　それとも私の聞き間違い？

マルコさんは肯定するようにニッコリと頷いた。

「この度のドラゴン亭の売上は予想を遥かに上回るものでした。その為ミヅキさんには特別給金を出す手筈になっております。もちろんリリアンさんもルンバさんもご承知ですよ」

知らない間にそんな事になっていたとは……初耳の私は驚いてしまった。

「このままあと二週間お店を開けば確実にその金額がお支払い出来ます。それがなくてもミヅキさんは助けてあげたくなる何かを持っていますがね」

マルコさんが含み笑いをする。なんだか私の秘密に気がついているような笑顔だった。

しかしそんな不確かなお金を貰っていいのだろうか？

このまま二週間何事もなく働けるかは分からない。私は、お金を貰うべきか悩んだ。

「ミヅキ、そんなに悩むなら借りとけよ。もし返せないなら俺が出してやる。本当はアイツに使うなら出したくなかったが……」

最後の方が声が小さくて聞き取れなかった。なんて言ったんだろう？

私が首を傾げて見上げると、なんでもないとベイカーさんが頭を撫でてくる。

「それで、どうする？　もしその金額稼げなかったとしても、お前ならいつか返していけるだろ。マルコさんなら法外な利子や違法な取引なんかもしないだろうし」

「もちろんです。ミヅキさんになら喜んでいつでもお貸ししますよ」

マルコさんとベイカーさんの言葉に揺らいでいた気持ちが決まった。

「マルコさん、給金で必ずお返しします！　だから金貨四十五枚貸してください！」

私は深くマルコさんに頭を下げた。

「もちろんです。喜んでご用意致しますね。でもその前に、ミヅキさんに私の商人としての手腕をお見せしますよ！」

そう言うとマルコさんは奴隷商人と話し出した。二人で話し合っていると奴隷商人の顔色が悪くなる。対照的にマルコさんはどんどん笑顔になっていった。

話し終わったようで、マルコさんがこちらに戻ってきた。

「デボットさんとブスターの元奴隷六人で金貨四十枚にしてくれるそうですよ」

マルコさんは笑っているが後ろでは奴隷商人の人が泣きそうな顔になっていた。金貨五枚も値切るってどんな事を言ったんだろ……肩を落として書類を用意する奴隷商人が少し不憫《ふびん》に思えた。

奴隷商人がデボットさんを連れてくるとの事でワクワクしながら待っていると、地下の階段から上ってくる足音がする。そして待ちに待ったデボットさんが縄で縛られた状態でやってきた。

そして私を見るなり怪訝《けげん》な顔をする。

「ミヅキ、なんでこんな所に？　こんな所にお前は来るべきじゃないだろ？　保護者は何をしている」

ベイカーさん達の方を見て今すぐ帰らせろと促す。

「私、デボットさんを買いに来たの！」

「駄目だ」

デボットさんがそんな事しなくていいと首を振る。

「俺はちゃんと罪を償ってお前の元に行きたい。楽をしたい訳じゃないんだ」

そう言って私を見つめる。

「デボットさん、なんか勘違いしてるよ。私の側にいるからって楽なんか出来ないよ！」

私はない胸を張って自慢げに答えた。デボットさんはそんな私の様子に唖然としている。

「デボットさんにはきっちりたっぷり払ったお金分働いて貰うよ！　そ・れ・に……」

ふふふっと思わず笑みがこぼれる。

「私の側にいる方が大変かもよ！」

そう言って不敵に笑う私を見てデボットさんも一緒に笑い出した。

「あはは！　確かにそうかもな！　現に今回もミヅキといて死にかけた！」

キラキラの瞳をデボットさんに向けると、嬉しそうに見つめ返してくれる。

そしてベイカーさんをチラッと見ると、もう諦めの顔で頷いてくれる。

「ミヅキ、お前の側で働けるなんて俺には罰にはならないかもしれない……だが出来る限り償っていくから俺を買ってくれるか？」

デボットさんが膝をつき私に目線を合わせる。私は了承するようにニヤっと笑った。

「これでデボットさんは私の家族《モノ》だよ！」

そう言って抱きついた。こうして私は書類を書き奴隷達を買い取る事になった。

「では、こちらの書類にお客様の血を一滴お願いします」

商人が書類にある魔法陣を指さす。ギルドカードみたいだな。

私はチラッとベイカーさんを見ると手を差し出した。

「えっ！　また俺がやるのかよ！」

ベイカーさんは私の手を取ると小さいナイフで指をチクッと刺した。

「痛っ！」

私が痛みに顔を顰めると、ベイカーさんが慌て出す。

「えっ！　そんなに深く切ってないはずだが……きっちり薄皮一枚分刺したはずなのに」

私の手をじっと見つめながらあわあわしている。

「なーんちゃって！」

本当は痛くないのに騙す為に痛いふりをしていた私に、ゴツーン!!　拳骨が落とされた。

ううゔぅ……こっちの方が痛かった……涙を浮かべて書類に血を垂らすとシンクがサッと指先に

回復魔法をかけてくれる。そしてシルバのぺろぺろの消毒……

「ベイカーさん、脅かしてごめんね、また次もお願いね」

ベイカーさんの前に行き両手を合わせて頭を下げた。

「もうやらん！」

しかしベイカーさんはご立腹のご様子。

「でも……こんな事頼めるのベイカーさんしかいないし」

しゅんと肩を落としてベイカーさんをチラチラっと見上げた。

「やっぱり一番信頼してるベイカーさんにしてもらいたいなぁ……」

ベイカーさんはため息をついた。

「分かったよ……全くお前にはかなわない。でも次にあんな事してみろよ、二度とやらないからな！」

分かったな！　と念を押される。

どんだけ嫌だったんだ……ちょっとしたイタズラのつもりだったのに。

分かりました！　と頷くとベイカーさんもようやく納得した。

「では、次に奴隷の印を付けますがどうしますか？　今は焼きごての他に装具もありますよ」

「焼きごてなんて絶対駄目！　やだ！」

私が大声で言った。

「そう思いました、今はほとんどが装具ですから」

商人が台の上に色々な装具を持ってくる。ほとんどが首輪か腕輪だ。

「これだけですか？」

商人を見上げると「ご要望があればお作りも出来ますよ」と言われる。

「指輪とかって出来ますか？」

私としてはあんまり目立たなくて、奴隷ってすぐに分からないものがよかった。

「皆でお揃いの指輪がいいです、女の子も男の子もいるからシンプルな感じで！」

「承りました、出来次第お届けします。それまではとりあえず腕輪をつけておきますのでご了承ください」

「はい。わかりました」

仕方がないと頷く。

「では、奴隷達は後でお屋敷に運んでおきますね。マルコ様のお屋敷で大丈夫ですか？」

あっそうか……こんなに大勢を連れて歩けないもんね。

「デボットさんだけでも一緒に帰ってもいいですか？」

「お客様が良ければそのままお連れ下さい」

私がベイカーさん達を見ると分かったよと頷いてくれる。

「お願いします！」と商人さんに最高の笑顔を返した。

二　黒い魔石の作り方

私達は皆で市場に行く事にした。皆へのお礼のお食事用に何かいい材料がないか見に行くためだ。

「なんか使えそうな食材あるかな〜」

真剣な目を向けて食材を見て歩く。

◆

「おいベイカーさん、あんたは俺がミヅキの側にいる事に納得してんのか？」

デボットがミヅキに聞こえないように俺に話しかけた。

「俺はずっと反対してるし、今でも納得なんかしてねぇよ。だけど……ミヅキがお前がいいって譲らねえんだから仕方ねぇだろ」

面白くないとフンと鼻を鳴らす。

「もし、またミヅキを傷つけてみろ……その時はミヅキが泣こうが喚こうが構わずお前を切る。まぁその前にもっと怖い奴が、お前をこの世から消しちまうだろうがな」

そう言ってシルバに視線を送った。ミヅキの横をピッタリと歩くシルバは、聞こえていたのかこちらをチラッと見るとキラッと牙を出した。

「ああ……そうなったらすぐにそうしてくれ。俺ももう、あいつが俺の事で泣く顔なんて見たくないからな」

デボットはシルバの脅しをものともしないでミヅキを愛おしそうに見つめている。

「あいつに何度も助けられた命だ。最後はあいつの……ミヅキの為に使いたい」

その言葉に俺は少し驚き、デボットを見つめた。

「そんな事してみろ、地獄その底まで追いかけてきて文句言われるぞ」

デボットは一瞬ポカンとしていたが確かにと笑う。

「そういやこの間もその底から引っ張り上げられたなぁ、はぁーあいつの側にいるのは本当に大変そうだな」

「今頃気がついたのか？　もう遅い……ミヅキに目を付けられたからにはな」

ザマーミロと俺は笑う。しかしそれ程大変でもミヅキから離れたいとはきっと思わないだろう。

俺達は無言でミヅキを見つめていた。

◆

「やっぱり小麦粉はもう少し欲しいなぁ、あとは……」

「そこにある小麦粉を全部下さい」

私が次々に食材を言うとマルコさんは躊躇《ちゅうちょ》なく買い占めていく。

「そんなに買っていいんですか？」

心配になるくらいホイホイ買う様子にマルコさんに聞いてみた。

「ミヅキさんが作るものに外れはないですからね。絶対大丈夫です！　私の商人魂が買えと言ってます！」

だから問題ありませんと食い気味に応えてくれる。

「そ、そうですか……」

なんかプレッシャーが、しかもこれ売るためじゃなくてお礼の為の料理なんだけどな。

そんな事を言える雰囲気ではなくちょっと抑え気味に食材を選ぶ事にした。

その後も沢山の店を回って……

「おっけー！　沢山揃えられた！」

満足、満足！　私はホクホクの笑顔でシルバの上に乗っていた。

そして、屋敷に戻ろうと歩いている私達をじっと見つめる瞳には気づかなかったのだ。

◆

「どうなってる……」

ビルゲートは、もう使い物にならないと見捨てたデボットが五体満足で歩いている様子を唖然と見つめていた。デボットの横にはブスターに捕まっていたあの子供もいる。

デボットを見捨てたあと、私は一度商人ギルドに戻ろうとしていたが、街中が物々しい雰囲気である事を怪訝《けげん》に思い警戒をして身を隠していた。

商人ギルドには複数の兵士がいて、商人達から何か事情を聞いているようだった。

まさか……そう思い兵士の目を避けブスターの屋敷に向かう。屋敷は半壊しており、そこにも兵士が集まり周りを調査しているようだった。

どうなっているんだ、いったいなぜ屋敷が……

これは、あの野郎何かしたのか？

考えられるのはデボットがあの時、魔法陣を解除させた事だった。きっとあの子供が何かしたのだろう……不味いな、私もあの子供に顔を見られている。

いざという時用の変装をすると街中の人混みへと紛れ込んだ。街の人達の噂話によるとやはりゼブロフ商会は悪業が公になり取り潰しとなったようだ。

そして、事情を知っている商人を探しているらしいと……

あの魔石の事をバラされたら不味いな……あれを知ってる者はブスターと、あそこで働いていた数人の魔法士だけだ。とはいえバレるのも時間の問題かもしれん、しかし王都の門を出るのは難しい。門を通る際にはいつもより厳重に確認されるだろう。

もうここら辺では商売は出来そうにないなと、とりあえず王都から出る方法を模索し始めた。

そんな時にデボットとあの子供を見かけたのだ。

「クソッタレ！」

人通りのない道を石を蹴飛ばしながら歩いて行く……

どこに行っても兵士が待ち構えていてどうにも身動きが取れない、王都を出るのなど簡単と思っていたがそうもいかなかった。王都の知り合いの所にはすでに手が回っていて頼る事も出来ない。

このままでは捕まるのも時間の問題だった。

「くそっ！　どうすりゃいいんだ！」

「お兄さんどうしたの？」

悪態をつきながら歩いていると可愛らしい子供の声がした。

「君は……！」

そこにはあの黒い魔石をくれた子供が立っていた。

◆

数ケ月前……

「お兄さん、僕こんなの拾ったんだけど！」

そう言って子供が差し出したものは大人の拳大くらいある真っ黒な石だった。

「ふーん。どこで拾ったの？」

珍しい石を眺めながら、私は子供に優しく問いかけた。これは魔石ではないだろうか。

「森の中を歩いていたら落っこちてたんだ。なんか綺麗だし売れないかなと思って持ってきたの」

「君一人でかい？」

その子は可愛らしい顔をして首を振る。

「外にお母さんがいるけど内緒にしたいんだ！　もし売れたらそのお金で何か買ってあげるの！」

そう言って無邪気《むじゃき》に笑う。

「へー偉いね！　じゃ少し高く買ってあげようかな。見たところ普通に綺麗な石だけど加工すれば装具に出来そうだな。銀貨一枚でどうだい？」

「えっ！　銀貨一枚も貰えるの！　やったー！」

子供が無邪気《むじゃき》に喜んでいる様子を笑いながら見つめた。

「本当はそんなにお金を出せないから、この事は内緒だよ」

そう言って懐からお金を出して銀貨一枚を子供に渡した。子供は分かったと喜んで商会を出ていった。私はその石をこっそり懐にしまうと、従業員に声をかけてゼブロフ商会を出ていく。

そのままブスターの屋敷に向かうと個室に案内された。

「ビルゲートか、どうした？」

ブスターが私が来た事を聞いて部屋へと入ってきた。

「ブスター様に見せたいものがありまして……もしよければお抱えの魔法士も呼んでいただけますか？」

ブスターは怪訝《けげん》な顔をしながらも従者に魔法士を呼びに行かせる。

少しして魔法士が来ると先程の石を取り出した。

「実はこんな物を手に入れまして……」

「こ、これは！」

魔法士は手を伸ばして触れる直前でピタッと止まる。

「こんな大きな魔石をどこで？」

魔法士の言葉にブスターも驚く。

「なに？　これが魔石なのか、なんだか色が汚いな」

初めて見る魔石の色にブスターが疑いの目で見つめる。本来魔石はその属性の色を宿しているのだ。火なら赤、水なら青、土なら黄色といったように……

「黒い魔石なんて初めて見たぞ。この大きさだとどんな魔物から取れるんだ？」

「子供が森で拾ったそうです。しかしその価値に気がついていないようだったので銀貨一枚で買い取ってあげました」

ふふふとその時の事を思い出しておかしくて笑った。

「はっ！　ビルゲートに売ったなんて可哀想な子供だな」

ブスターもつられて笑っている。

「ちゃんと石に魔力が通っているので魔石なのは間違いありませんが、何か普通と違うように感じます」

魔法士が魔石を見ながら冷や汗を流している。

「これを使うのはあまりおすすめしません」

そう言ってブスターに忠告した。

「この大きさなら今やっている実験にも代用出来るんじゃないのか？」

どうなんだ⁉　とブスターは魔法士を追い立てる。

「しかし……」

魔法士はなかなか頷かない。

「確かお前、娘がいたよな？」

ブスターがニヤッと笑いながら舌なめずりをすると、魔法士の顔色がサーッと青ざめた。

「すみません！　すみません！　この魔石を使って必ず今の実験を完成させます！　だから家族には手を出さないで下さい！」

震えながら地面に頭をつけて懇願した。

「最初っからそう言えばいいんだよ。だが……失敗したら分かってるな？」

ブスターが魔法士を睨むと、青い顔を更に青くしてゴクリと生唾を飲んだ。

「必ず……成功させます」

「では、お買い上げで大丈夫ですか？」

私は商売人の顔になってにっこりと微笑んだ。

「ほらよ！」

ブスターが袋に入ったお金をドサッと机に放り投げた。私はその重そうな袋を笑顔で受け取る。

「また何かありましたらよろしくお願いします」

恭しく挨拶をして屋敷を出ていった。

◆

「君はあの時の……」

「石を買ってくれたお兄さん？　なんか変わった？」

私の顔を覗き込んで首を傾げる。変装していたが、私の事が分かったようだ。

「ああ、ちょっとね。それよりこんな所でどうしたんだい？」

さっさと話を切り上げてどこか遠くへ行きたいと、私はソワソワしてしまう。

「さっきお兄さんの声が聞こえて……なんか大変そうだったからどうしたのかと思って。あの時優しくしてくれたから僕でよければ力になるよ！」

子供が優しく言葉をかけてきた。

「いや、急いで王都を出たいんだが今なにか事件があったみたいで門を通れなくてね。心配ないよ、ありがとう」

商売用の笑顔を向けてさっさと立ち去ろうとしたところ、子供から今一番聞きたかった言葉をかけられる。

「僕、抜け道知ってるよ！　その先に、前に拾った石も沢山あるんだ！」

私は歩き出した足をピタッと止めた。

「それ、本当かい？」

にっこり笑って子供に近づいていく。子供が本当だよ！　と薄暗い道の先を指さした。

「この道を真っすぐ行った先に王都から森に行ける穴があるんだ……そこを抜けるとあの石があるんだよ」

凄いでしょ！　と無邪気《むじゃき》に胸を張る子供に優しく声をかける。

「もしそこに案内してくれたら……報酬を支払うよ。どうかな？」

「ほうしゅう？」

子供がよく分からないと首を傾げた。

「うん。お金でもいいし宝石でも食べ物でも、君が望む物をあげるよ」

ここを抜け出せるなら安いものだ……私はほくそ笑んだ。

「なら僕、欲しいものがあるんだ！　それでもいい？」

子供が貰えるかと心配そうに聞く。

「なんだい？　私が払える物かな？」

「うん！　お兄さんが持ってる物で欲しいものがあるの！　それでもいい？」

「お金かい？　持ってる分で足りるといいけどなぁ」

意外とがめついのかと心配して袋の中身を確かめた。

「ううん。お金じゃないんだ！」

「じゃなんだい？」

「それはお兄さんが外に出てから教えてあげる。でも絶対に持ってるモノだから大丈夫だよ」

子供は自信満々に答えた。

「もし、無理なら道を教えるのは諦めるよ」

残念そうにシュンとして下を向いてしまった。それは困る！　私は慌てて子供の望む通りに答えた。

「私に払えるならなんでも払う。だからその条件でいいぞ！」

その言葉に子供がホッとして喜んでいる。

「じゃ案内するね！」

子供がスキップするように前を歩いて行くのを見て、私はほっと胸を撫で下ろした。所詮は子供だな……もし凄い金額を要求されたら、この子には悪いがどこかに置き去りにしよう。

私は上手くいったとニコニコ笑いながら子供の後を歩き暗闇の中へと入っていった。

私は子供の後をただひたすらついて行った。こんな暗い道をよくもまぁ、灯りもなしに歩けるもんだ。不審に思いながらも、今はこの子供だけが頼りだった。

「まだ着かないのかい？」

結構歩いたと思うが一向に何も見えてこない、さすがに気味が悪くなり子供に問いかけた。

「あれ？　疲れちゃった？」

子供がキョトンと首を傾げて聞いてくる。

「いや、まだ歩けるが、こう暗くちゃどこなのか全然わからなくてねぇ」

疲れたとは思われたくなくて言葉を濁した。

「ふーん……まぁここら辺でもいいかな」

子供がボソッと何か言ったが上手く聞き取れなかった。

「なんだい？」

愛想良く聞き返すが、子供は無視して笑顔で先を指さす。

「もうそこを曲がればすぐだよ、あの石があるよ！」

ゾクッ……何故か子供の笑顔に悪寒《おかん》が走った。

「そういえばお兄さん、約束覚えてる？」

「約束？」

「案内したら僕の欲しいものをくれるって約束だよ」

そう言えば言っていたな。

「ああ、何がいいんだい？」

二人で並んで話しながら先へと歩いていく。子供はポケットからあの黒い魔石を出した。

「何故それを……!?」

子供の行動に警戒して一歩離れた。

「僕ねぇ……この魔石が欲しいんだ」

「そ、その石を魔石だと分かっているのか!?」

私は子供から更に距離を置こうと後ずさる。

「お前は一体……」

「僕？　僕は僕だよ。それよりもお兄さん、約束を守ってもらうよ」

そう言うと私に手のひらを向ける。そして何か呟いたと思ったら足元に魔法陣が現れた。

「な、何をする。待て！　なんでもするから助けてくれ。そうだ、お金は？　食べ物は？　なんでも用意してやるから！」

魔法陣から出ようとするが足が張り付いたように動かない！

「うん、なんでもくれるんだね！　じゃあ、お兄さんの命を貰うよ」

そう言うと無邪気《むじゃき》な笑顔で近づいてくる。

「や、やめろ！　来るな！」

どう足掻いても足が動かない。

「ふふふ、さぁお兄さん口を開けて」

「い、嫌だあ、あぁぁ！」

勝手に口が開いていく、閉じたくても体が言う事を聞かない。まるで自分の体ではないようだった。ヨダレを垂らし涙を流しながら目で訴える、助けてくれと！

「がっ、あああぁぁっ！」

「なぁに？　なんて言ってるのか分からないやぁ～」

子供がクスクスと笑っている。

「じゃあお兄さん、これを食べてね！」

そう言って黒い種のような物を取り出した。そして開いたままになっている私の口にほうり込む。

「飲め」

ゴックン。

「がっ！　ぎゃぁぁぁぁ！」

種を飲んだ途端に腹に強烈な痛みが走った。転げ回りたいのに体が言う事を聞かない。

「腹が……腹が……」

何かが突き破ってきそうな強烈な痛みに気を失いそうになる。

「グッわぁぁぁあぁぁぁ！」

腹を突き破って黒い木のような物が生えてきた。

「ぎゃぁぁ！　だずげでぇぇぇ！」

「あははは！　お兄さんから木が生えた！」

子供が愉快そうに笑っている。私の歪む顔を心底楽しんでいるようだった。

痛い痛い痛い痛い痛い痛い痛い痛い痛い痛い痛い痛い痛い痛い痛い痛い。

どんなに時間が経とうと痛みがずうっとついてくる、どんなに目をつぶっても気を失う事が出来ない。終わりのない痛みを繰り返す。

「ふふふ、その木はねぇ……お兄さんの魔力と血を栄養に育つんだよ。そして実をつけるまで成長を止めないんだ。し・か・も！　お兄さんはその栄養源である間はずうーーっと意識を保ってられるんだよ！　凄いでしょ！」

子供の説明に愕然とする。何なんだこれは、現実なのか、俺はどこで間違え……た？

耐えきれなくなった……プチッ。

「は、ははは。ははは……」


ビルゲートはヨダレを垂らしながら、焦点の合わない瞳で笑っている。

もう自分を保つ事が出来なくなってしまったのだ。

「ちっ、つまんない。また壊れちゃったよ！」

子供はビルゲートの顔をパチパチと叩いた。

しかしビルゲートは相変わらず空を見つめて笑っている。

「クソー、次は壊れないような種にしないと……」

ブツブツと言っていると、ビルゲートから生えている木が真っ黒い実をつけた。

それに伴いビルゲートの体がどんどん干からびていく。

「クックック、さぁてどんな魔石が出来るかな？」

ビルゲートの体がカサカサになり崩れると同時に、ポロンと木から魔石の実が落ちた。

子供がそれを上手にキャッチする。

「はい、約束通り僕の欲しいものを貰うね。お兄さんありがとう」

そう言うと子供は暗闇の中へと消えて行く。

そこには白い灰になったビルゲートが風に飛ばされ空へと消えていった。

「さぁてと、今度は誰に渡そうかな」

子供は高い崖の上から実験体はいないか探している。

〈ギャウギャウ〉

ふふふ、いいモノみっけ！

子供は悠々と空を飛ぶドラゴンに向かって走り出した。

三　家族

「ミヅキ様、買った奴隷達が到着致しました」

屋敷に戻りのんびりとしていた所にマリーさんが声をかけてくれた。

「はーい。ベイカーさんデボットさん、会いに行くよ！」

二人の手を取り引きずるように急いで外に出る！

【シルバ、シンクも早く！　早く！】

皆で外に出ると、連れてこられた奴隷達が不安そうな顔で固まって震えていた。

「ミヅキ、シルバが怖いんじゃないのか？」

ベイカーさんがコソッと耳打ちする。

「えっ？　こんな可愛いモフモフなのに？」

私はシルバを撫でて納得出来ないでいると、シルバがしょうがないと側を離れようとした。

【俺は端にいる】

私はそれを慌てて引き止めた。

【シルバ駄目！　これから私の所で働くならシルバがいるのは当然なんだから慣れて貰わないと困る！　他の事は我慢出来てもこれだけは譲れない！】

そう言うとシルバは私の側で大人しくなった。その尻尾は嬉しそうに揺れている。

「えーと……今日からあなた達の主人になったミヅキって言います。よろしくね！」

私は極力明るく笑いかけるが反応が薄い……そんな中、奴隷達の中で一番小さい女の子が話しかけてきた。

「わたしとおなじぐらい……」

縋るように私に向かって手を伸ばす。

「こら！　ご主人様に勝手に近づいちゃ駄目！」

女の子が近づこうとするのを一番大きな女の子が叱る。

「申し訳ありません、ご主人様……この子は小さいのでよく分かっておらず……罰なら私が代わりに受けます」

大きな女の子は膝とおでこを地面について謝る。その左腕は手首から先がなかった。

私は膝をついている女の子の左腕をそっと取ると両手で包み込んだ。

「ご主人様って言うのはやだなぁ、確かに私は皆を買ったけど……ご主人様になりたい訳じゃないんだ。これから働いて貰う事になるけど私の事はミヅキって呼んでね」

そう言って安心させるように笑いかけた。

「ミヅキ……様？」

「うーん、様もいらないんだけどなぁ。どう見てもあなたの方がお姉ちゃんだし、まぁそれはおいおいね！」

「それは……命令ですか？」

子供の奴隷達は生気のない顔を向ける。

「私は皆に命令はしたくない、自分の意思で決めて欲しい。だから私の言う事は全部、命令じゃなくてお願い……かな？　したくない事はしなくていいんだよ」

そう言って笑うが、皆は意味がよく分からないようで戸惑っている。

奴隷なのに命令されないという矛盾についていけないようだった。

「とりあえず皆にはお風呂に入ってもらいます。その後に怪我の治療ね！」

【じゃシルバお願い！】

【ああ】

シルバが吠えると庭の一角に大きな石が盛り上がって積み上がっていく。土魔法で即席の湯船を作って貰ったのだ。

【外から見えないように囲いも作ってあげて！】

女の子が多いからそういう配慮もしてあげないとね！

湯船を確認してからそこに水魔法で水を入れていく。

【シンク、火魔法で丁度いい温度にしてあげて！】

【了解！】

シンクが調節しながら水の中に火の塊を落としていく。

【どうかな？】

私は湯船の水をかき混ぜながらお湯の温度を測る。丁度いい湯加減になっていた！

【さすがシルバとシンクだね。ありがとう～】

二人をモフモフして沢山褒めてあげた。

「この子達は私の従魔なの。とっても優しくて頼りになる子なんだよ！　困った事があったら頼ってね。きっと皆の力になってくれるから！」

そう言って自慢のシルバとシンクを紹介する。

「二人が用意してくれたお風呂だよ。ここで体を洗って入ってね！」

湯船の側に桶《おけ》を用意して洗う仕草をするが、皆戸惑って動かない。

「どうしたの？　お風呂嫌い？」

私が聞くと、先程の大きな女の子が代表して答えてくれる。

「いえ、お風呂なんて入った事なくて……本当に私達が入っていいんですか？」

何か罰があるんじゃとビクビクしているようだ。

私が先程の小さい女の子を手招きすると、とっとっとと側に寄ってきた。

女の子の手を引き湯船の側に行くと服を脱がせて優しくお湯をかけてあげる。

「どう？　熱くない？」

「きもちいい……」

女の子を見るとお湯の温かさに驚いている。石けんを用意して女の子の髪を洗ってあげる。しばらく何もしていなかったのだろう、絡まってなかなか汚れが落ちない。私は優しく優しく髪をとかしていく。

「次は体を洗うよ、さぁ皆も今みたいに自分の髪を洗ってみて」

見ていた他の子達に声をかける。

「デボットさんも小さい子を洗ってあげて。ベイカーさんは服の用意をお願い出来る？」

二人とも頷くと、デボットさんが小さい子に手招きする。

【シルバは皆がお風呂から出たら温かい風で乾かしてあげて】

【分かった、ミヅキが言うなら喜んで】

私達はせっせと皆を洗っていった。

皆を綺麗にすると、湯船を解体してもらう。シルバに頼むと一瞬で元の土に戻っていた。

「じゃ今度は屋敷に入るからついてきてね。歩けない子はシルバが乗せてくれるよ」

足がない子も他の子と助け合いながらついてくる。屋敷の大きな部屋を借りて皆を座らせる。

「これからする事は絶対に内緒にしてね。お願いします」

私は奴隷の子達に頭を下げてお願いした。奴隷の子達にどよめきが起きる。

どうやら主人となる私が頭を下げた事が衝撃だったようだ。

【シンク、回復魔法でこの子達の手足を治してあげてね】

【分かった。この前デボットにかけて感覚は分かったから、前ほど魔力も使わないよ。でもとりあえず様子を見ながらだね。ミヅキが倒れちゃったら困るから】

【そうだぞ、そこは特に気をつけろ！】

シルバからも注意されるのでしっかりと頷いておいた。

部屋には奴隷達とシルバ、シンク、ベイカーさんだけにしてもらい、魔法をかけようとする。

「まずは……君からかな。お名前は？」

一番最初に洗ってあげた小さい女の子に声をかける。

「…………」

何も答えてくれないのでオロオロと困っていると、大きな女の子が話しかけてきた。

「私達名前は持っていません、奴隷に名前なんてありませんから」

悲しい事を言われるが、この子達はなんとも思っていないのか平然としていた。

「そっか……じゃあ私が皆に名前をつけてもいい？」

「なまえもらえるの？」

小さい女の子が首を傾げる、その仕草に思わずキュンとする。

「うん。皆もいいかな？」

他の子も頷いてくれる。

「じゃあ、一番大きなお姉ちゃんから〝イチカ〟。二番目に大きなお姉ちゃんが〝ニカ〟。三番目のあなたが〝ミカ〟。四番目のあなたは〝ジカ〟。五番目の君は男の子だから〝ゴウ〟。最後のあなたは〝ムツカ〟。皆でお揃いの数字の名前だよ。イチカが一番上のお姉ちゃん、皆きょうだいで私の家族だよ」

「ムツカ……わたしムツカ」

自分の名前を確認しながら噛み締める。

「ミヅキ様、素敵な名前をありがとうございます」

イチカが頭を下げた。

「気に入ってくれたら嬉しいな。じゃイチカちゃんからこっち来て」

声をかけるとイチカが違うと首を振る。

「私達は呼び捨てで構いません」

そう？　まぁ家族になるしいいかな？

「じゃあイチカこっちに」

そう言って手を差し出すと、躊躇《ためら》わずに私の手を取ってくれる。

警戒が少し解けてきたようで嬉しくなる。

「これからイチカ達の傷を治すよ。でもこの事が人にバレると大変だから絶対に話さないようにね」

そう言ってシンクを抱き上げて魔力を渡していくと、シンクは気持ちよさそうに目を細めた。

【ミヅキもういいよ、とりあえず何人か治していくね。まずはこの子でいいんだね？】

シンクがイチカを見るのでそうだと頷く。

【ミヅキからの魔力を返すよ、癒しを……】

シンクがイチカの左腕にくちばしを近づけると回復魔法をかけた。イチカの腕が直視出来ないほどに輝き、徐々に光が落ち着いていく……完全に光がなくなるとは綺麗に左手が戻っていた。

「わ、私の手が……手が‼」

イチカが信じられないと自分の左手を触る……つねったり、叩いたりして何度も確認している。

「ミヅキ様！　私の手が戻ってます！」

イチカが涙を溜めて私を見てきたので、良かったねと微笑み返す。

イチカは膝をつき顔を両手でおおって泣き出した。声をあげて泣いている。

私は泣いてるイチカの側に行くと優しくイチカを抱きしめた。

「よく頑張ったね。イチカは一番お姉ちゃんだったから、きっと沢山我慢したんだよね？　でももう大丈夫だよ、イチカを傷つける奴は私が許さないから。絶対守ってあげるからね、だからもう我慢しなくていいんだよ」

そう言って泣き止むまで優しく抱きしめてあげた。

「皆泣き疲れて寝ちゃったね」

私は目を赤く腫らして眠るイチカ達を優しく見つめる。

「今までの待遇を考えると信じられない思いだろうよ、今ならよく分かる」

デボットさんがしみじみ言う姿を凝視する。えっ、なんか親父臭い……じーっとデボットさんを見ていると決まり悪そうな顔で見つめ返してきた。

「なんだ？」

デボットさんはぶっきらぼうな声を出す。

「どうしたの？　デボットさん何だか一気に老けたよ、おじさんみたい！」

「うるさい！」

ペシッと頭を叩かれた。

「なんだよー心配してるのにー！」

ムッ！　と頬を膨らませてデボットさんを睨みつけるとベイカーさんが私達の間に割り込み私を庇った。

「おい、今ミヅキに手を出したな！」

「はぁ……ベイカーさん、デボットさんと遊んでただけだよ。すぐ過剰に反応するんだから」

「お前が心配ばかりかけるからだろ！」

やれやれと呆れていると今度はベイカーさんにもコツンと叩かれる。

うー！　幼児虐待だ！

「ベイカーさんだって手を出したー！」

【シルバー！】

私はシルバに泣きついた！

【どうしたミヅキ、あいつらを倒せばいいのか？　喜んでやるぞ！】

グルルと牙を出して二人に向かって吠えた。

【ふふふ、そうだね。たまにはベイカーさんにも慌ててもらおうかな！】

私がニヤッと二人を見て笑うと、ベイカーさんが嫌な予感に顔を顰めた。

「お、おいミヅキなんだその顔は。シルバも止めろ！　牙を出すな！」

ベイカーさんがジリジリと後ろに下がっていく。

デボットさんを見るともうすでに壁際に避けて、観戦を決め込んでいた。

「よし、シルバ！　ベイカーさんを厨房まで追い詰めるよ！」

私が合図を出すと、シルバがベイカーさんに飛びかかっていった。私はベイカーさんの後をシルバとシンクと追いかけた。

厨房に着くとご飯の用意に入る。横ではベイカーさんが息を切らして倒れ込んでいる……激しい追いかけっこだったもんね。しばらく寝かせてあげよう。

ベイカーさんの事はそっとしておいて、ルンバさん、ポルクスさんと、マルコさんの屋敷の料理長達にも手伝ってもらい新しい料理……ピザに取り掛かる。

「まずは小麦粉にこれを入れます！」

そう言って瓶の中の液体を小麦粉に垂らす。

「これは……髪に塗る油じゃないか？」

皆が瓶の中身を嗅いだり舐めたりして確認すると怪訝《けげん》な顔をする。これは市場で見つけた何かの実の油！　鑑定したらオリーブオイルの代わりに使えるみたいだったので買っておいた。

この世界ではご婦人達が髪に塗るらしいが、こんなの塗ったらテッカテカになりそうだ。

「これは料理にも使えて油と一緒です。実から搾り出したオイルだよ」

小麦粉にオイル、塩を入れてこねていくが、力が足りない。

「ルンバさんよろしく！　生地がまとまるまでこねてね。そうしたら濡れた布をかけて休ませます。その間に具の用意ね～。なんでもいいんだけど定番はとりあえずトマトとピーマン、玉ねぎ、ソーセージかな」

トマトは湯掻いて皮を剥いて、潰しながら煮てペーストにする。

ピーマン、玉ねぎは細く切っておいてもらう。

「あとはこれ！　トウモロコシー！」

「これって、牛の餌《えさ》で使うやつじゃないか？」

自分の里で牛を沢山飼っているポルクスさんの顔が引きつる。

牛さんが美味しそうに食べる姿を想像したのかもしれない。

「これは美味しいから大丈夫！　牛さんの餌《えさ》とはまた違うから！」

私はトウモロコシの切り方を教えると、これも大量に皿に移しておいてもらう。

「これが目玉！　まずはたまごを卵黄だけ取り出します。それに、塩とレモン汁を入れて混ぜます。そしたらさっきの油を少しずつ入れてしっかりと混ぜていきます。はい、ルンバさん出番です！」

ルンバさんに混ぜて貰いながら油を少しずつ足していくと白っぽくなり固まってきた。

「はい！　マヨネーズの完成！」

異世界で料理を作るといったらこれだよねー！

「子供達は好きだと思うんだよね。あとは、お肉を切りまーす。ロックバードのお肉を一口大に切ってください」

切ったお肉を深いお皿に入れて牛乳で作ったヨーグルトと塩で味付けをしておく、下準備は完了。

あとはデザートも作らないと！　まずはまた小麦粉、そこにたまごと牛乳、砂糖を入れてまぜる。

はい！　ここからはポルクスさんに交代！

「ポルクスさん滑らかになるまで混ぜてね！　あとはフライパンで焼いてジャムとかかけて食べるんだよ！」

何枚か焼いてもらい味見をしてみる。

リリアンさんお手製のベリーのジャムを取り出してかけてみた。

「ふわふわで甘くて美味しい～！」

【シルバ、シンク食べてみて！】

二人にもパンケーキを差し出すとシルバは一口で食べてしまう。

【美味い！　が、物足りないな。俺はもっとガツンと食べたいなぁ、もっとないのか？】

シルバには足りなかったみたいで、もっとないのかと催促される。

【ミヅキ！　これ美味しい～ふわふわだよ！】

シンクは甘いのが好きだから、気に入ってくれたみたいだ。

美味しい美味しいと可愛いくちばしでつまんでいる。

【シルバ、この後ガツンとしたシルバ好みのものを出すからね、楽しみにしてて！】

「じゃパンケーキをガンガン焼いて下さい」

ポルクスさんに残りの生地を焼いてもらう。

【あとは……シルバにはお願いがあるから来てくれる？】

私はマルコさんにお願いして庭の一角を貸してもらった。

【ここに窯を作りたいんだ、ドーム……丸い形にして下は平らにしてもらいたいの、空気が通る出口を作ってもらって……】

地面に絵を描きながらシルバに説明をする。

【とりあえず今聞いた物を作ってみる。違う所は直すから言ってくれ】

そう言って吠えると、土が盛り上がり私が思い描いた通りの窯が出来上がった。

【凄いシルバ！　バッチリだよ。あっ、口はもう少し広げて欲しいかな！】

やっぱりシルバは優しくて頼りになる出来る子だなぁ。ありがとうと沢山撫でておいた。

これで窯は準備完了！

「マルコさん、薪ってありますか？」

マルコさんは頷くと従者達に合図する。すると薪を沢山用意してきてくれた。

薪を窯に入れてシンクを見つめる。

【シンク、この薪に火をつけてくれる？　あんまり強くなくていいからね！】

【分かったー！】

シンクがボワッと薪に火をつけてくれた。

「せっかくだから外で食事にしませんか？　これは焼きたてだととっても美味しいですよ！」

マルコさんに言うと笑顔で同意してくれる。

「では、テーブルをご用意致しますね」

マリーさん達メイドさんと従者達がテキパキと動き出す。

私も皆と一緒に厨房から食材を運び出すのを手伝った。

「じゃまずはこの生地を延ばしていきます。ルンバさんと料理長さん達も一緒に見ながら作ってね」

麺棒を使い丸く延ばそうとするが上手くいかない……歪な楕円形になってしまった。

チラッと隣を見るとルンバさんも料理長さんも綺麗な丸い形に延ばしていた。

教えている立場が……まぁ食べれば一緒だし！

「そしたらさっき作ったトマトソースをかけて伸ばします。上から好きな具材を並べるよ。とりあえずピーマンと玉ねぎ、あとはソーセージね。仕上げはチーズをたっぷりかけて……」

ピザの準備完了！　あとは焼くだけ！　ルンバさん達にもう一枚生地を延ばしておいてもらう。

綺麗な形に延ばせないからじゃない……断じて！

「今度はトウモロコシをのせます！　ここで登場、マヨネーズ！」

トウモロコシにマヨネーズを絡ませてピザ生地にのせていく。こちらも上からチーズをパラパラっと。子供はこっちの方がいいよね！

【あっそうだ！　シルバ、ピザを取り出すヘラと灰をかき出す棒が必要だった！】

形を身振り手振りで表現して作ってもらう。

ルンバさんに危ないからと注意されたので、頼んでやってもらう事にした。

「ルンバさん、まず燃えてる木と灰を端にこの棒で押して寄せて下さい。そしたらこのヘラにさっきの生地を乗せて窯の中に並べます。中が結構熱いからすぐに焼けると思うんだ！　様子見ながら取り出して下さい」

「分かった」

ルンバさんが人でも殺しそうな眼差しでピザの様子を見ている。もう少し力抜いていいけど……

「じゃこはお願いします。ポルクスさんと料理長さん達はこっちをお願いします」

皆を引き連れ厨房に戻ると、先程漬けておいたロックバード肉に小麦粉をまぶす。

「油であげていくのでポルクスさんと料理長さんでお願いします。沢山あるから頑張ってね！　まずは油の温度見てね、こうやって小麦粉を水で溶いたのを少し垂らしてすぐに浮いてきたら大丈夫です。そしたらお肉を入れていって下さい」

ポルクスさんも料理長さんもさすがになれたもので躊躇《ちゅうちょ》する事なく油に肉を入れる。

「周りが茶色くなって泡が小さくなったら取り出して油を切ってください。そしたら余熱で火が通るから少しそのまま置いときます」

いくつか揚がったようなので皆で味見をしてみる。作った人の特権だよね！

「うーん熱々サクサクジューシー！」

あー醤油があればもっと美味しいのに。

「コロッケとはまた違った揚げ物だな、これは男共に人気が出そうだ！」

だよねだよね！　でも子供にも人気だよ！

「唐揚げっていいいます」

「またいい目玉商品になりそうですね！」

いつの間にかマルコさんがいて味見に参加していた。

【はい、シルバこれなら満足じゃない？】

シルバに唐揚げを差し出すとパクッと一口。

【これは美味い!!　もっと欲しい！】

シルバは気に入ってくれたみたいでもっとくれと要求してくる。

【また後で皆とね、はいシンクもどうぞ。熱いから気をつけてね】

小さく切ってシンクに出すと美味しそうにつついている。

「ミヅキー外で焼いてるやつが出来たみたいだぞー！」

ベイカーさんがルンバさんに頼まれたようで呼びに来てくれた。

さっきまで寝てたけど、どうも復活したみたいだ！

「はーい、今行きます。じゃあポルクスさん、じゃんじゃん揚げて下さいね！　料理長さんもよろしくお願いします」

そして、唐揚げを一つ手に取るとベイカーさんに差し出した。

「ベイカーさんはい、あーん」

ベイカーさんが口を開ける。そこにポイッと唐揚げを入れてあげる。どうかな……とベイカーさんの反応を待っているがなんか上を向いて目を押さえてしまった。もしかしたら熱かったか？

「ベイカーさんどうしたの、熱かった？」

私は心配になりベイカーさんのズボンを引っ張った。

「いや……今まで食べた料理で一番美味い」

感無量といった様子でしみじみ食べている。唐揚げ一つでなんか変なの？

「ミヅキからのあーん……」

ベイカーさんはしばらく佇んで唐揚げと余韻を噛み締めているようだった。

私は怪訝《けげん》に思いながらもデボットさんの元へと向かった。

「デボットさん？　皆まだ寝てる？」

私はイチカ達が寝ている部屋の扉をそぉーっと開けて、小さい声で話しかけた。

「いや、小さい子以外は皆起きてるぞ」

一番小さいムツカだけがまだ横になって気持ちよさそうに寝ている。

「ミヅキ様、起こしましょうか？」

イチカが私に声をかけてきた。気持ちよさそうに寝てるし起こすの可哀想だな……

「大丈夫だよ、デボットさん、抱っこして連れてきてくれる？　皆お腹空いたでしょ。外に沢山ご飯を用意したから皆で一緒に食べよ！」

ニッコリ笑って連れて行こうとするが、皆が顔を見合わせて戸惑っている。

「ミヅキ様と一緒に食べるんですか？」

イチカがそんな事を聞いてきたが、意味が分からずに首を傾げた。

「奴隷が主人と一緒に食事するなんて絶対ないぞ、普通は皆が食べたあとの残り物なんだよ」

デボットさんが私に教えてくれたが、そんな事はさせない。

「そんなの駄目です！　ご飯は一緒に食べる事、これは譲れない。絶対だから！」

私は怒った顔をデボットさんに向けた。

「はぁー、お前に常識を教えるのは大変そうだ」

ふふん。そんな常識は諦めてもらおうかな！

「さぁ！　じゃ行くよ！」

皆を引き連れて庭へと出ていく。そこには大きなテーブルの上に沢山の料理が並べてあった。

「お待たせしました！　じゃあ皆、お腹すいてると思うから早速食べよう。後で感想と改善点などあったら教えて下さいね。特にルンバさんと料理長さん達ね！」

「いいから、食おう！　もう匂いがたまらん！」

ベイカーさんが皿に料理をのせて待っている。もう、一番子供っぽいんだから。

しょうがないなぁ……でも他の皆も料理を凝視して食べたそうだ、これ以上待たせても可哀想！

「沢山食べてね！　いただきます！」

「「「いただきます！」」」

マルコさんやマリーさん達は慣れたもので、次々に料理に手を伸ばして食べている。

シルバもガツガツ競い合うように腹に入れていく。

「デボットさん……約束のご飯だよ」

私はピザと唐揚げを皿にとり、デボットさんに持っていった。すると寝ていたムツカが匂いに反応してモゾモゾと動き出す。鼻をヒクヒクと動かし、目を開くと周りを見回す。

「いいにおい……」

「ムツカにはこれがいいかな？」

私は近くにあったパンケーキにジャムをたっぷりとかけ、ムツカに見せた。

「たべていいの？」

ムツカが顔色をうかがっている。

私はもちろんとニッコリ笑うと、パンケーキをフォークで一口分に切って口に近づけた。

「はい、ムツカあーんして」

ムツカが口を大きく開ける。パンケーキを食べさせてあげると、ムツカは頬を膨らませてもぐもぐと口を動かす。その表情がどんどん驚きに変わる。大きな目を更に大きく広げて頬を赤くした。

「おいしーい！」

「もっと食べる？」

お皿を差し出すとコクンと頷いて受け取った。

「イチカ達も沢山食べてね！　これはピザって言うの。このトウモロコシがのってる黄色いのがオススメだよ。なにをのせても美味しいんだけどね。こっちは唐揚げで、食べ応えあるからゴウなんかは気に入るんじゃないかな」

男の子が好きなおかずナンバー1だもんね！

なかなか手を出していなかったが、料理を並べると皆が恐る恐る料理を口に運ぶ。

一口食べると目を見開き無言でかきこみ出した。美味しそうに食べる様子に笑ってしまう。

「これをミヅキが作ったのか？」

デボットさんが初めて見る料理に驚いている。

「はい。デボットさんあーん」

デボットさんはうっとたじろぐが渋々口を開ける。

私は満足して笑うと、唐揚げを口に突っ込んだ！

「どう？」

デボットさんの様子をうかがう。

「美味い、美味いなぁ……だがまだ約束を守れてなかったのにいいのか？」

デボットさんがなんだか申し訳なさそうにしている。

「うん。デボットさんがちゃんと反省してるの分かるよ。あの時と全然顔が違うもん」

そう言ってニッコリ笑う。

「そうか……」

「デボットさんにはこれからたっぷり働いて貰うからよろしくね。とりあえず今は食べようよ」

デボットさんの手を取ると皆の方へと引っ張って行った。

◆

「なぁ、ベイカーさん」

デボットがミヅキから離れると俺に話しかけてきた。

「この料理は本当に全部ミヅキが作ったのか？」

デボットの問いにそうだと答えると、デボットは真剣な顔で考え込む。

「本当にミヅキの側にいるのは大変だな、回復魔法に、あの従魔達……この料理の知識に、まだまだなにか隠してる事がありそうだ。周りにはいつの間にか人が増えて、本当に人を惹きつけてやまない……狙われる要素たっぷりじゃないか」

「だからお前だって目をつけたんだろ？　この国の王子にも気に入られてるし……ミヅキを欲しい奴なんて山ほどいるよ。良い奴から悪い奴までな」

楽しそうに皆と話しながら料理を食べているミヅキを見つめる。

「色々と皆でミヅキを守ろうとしているんだが、当の本人があれだからな」

全く隠す気がなくて呆れる。本人は凄い事をしているという自覚がないらしい。

はぁとため息をついた。

「ああ、全然自分の価値に気づいてなさそうだな……」

デボットはその通りだと深く同意して頷いた。

「今回の奴隷達を治した件だって、何度も反対したけど聞きやしない、そんな事をすれば大臣やら、教会やらに目をつけられちまうって言ったんだけどな……それでもあいつらを治したいんだとよ」

「どうやって隠すんだ？」

デボットが尋ねてくる。

「とりあえずは従魔達がやった事にしているが……それでもミヅキにも目がいくだろう」

どうしたもんかな……いつまで隠し通せるものかわからなかった。

「見捨てる気はないんだろ？」

「当たり前だ！」

食い気味に答え、デボットをジロッと睨む。

「まぁ……最終手段でいざとなったら国を出る」

「ここでの地位を捨てるのか？　確かA級冒険者だろ。そこまで上り詰めたなら一生金に困らずに食っていけるはずだ」

「なら、お前が俺の立場ならどうする？」

俺が逆に問いかけると、デボットは考えるまでもなく気がついた。

「聞くだけ無駄だったな」

それだけミヅキの側は心地いい……あいつの側にいるだけで他の物がいらないくらい満たされる。

「今の状況をどうにか維持出来るように頑張るしかねぇな」

俺達は、こちらの心配事にちっとも気がついていないようにに楽しく笑っているミヅキを複雑な顔で見つめていた。

◆

「マルコさん！　料理どうでした？」

私は皆があらかた食事を終えるとまずはマルコさんに味の感想を聞きに行った。

「ミヅキさん！　どれもこれもとっても美味しいです。唐揚げもピザもお店で出せば人気間違いありません！」

えーと……おもてなし料理なんだけどな。これってお店で出す事になりそうなのかな？

「お礼の食事会に出したいんですけど……」

私は戸惑いながらそう言うと……

「ああ！　そうでしたね。それはいい宣伝になりますね」

ふふふと商売人の顔で笑う。まぁマルコさんが楽しそうだからいいけど。

「料理の仕方を皆に教えようと思うんですけど……いいですか？」

そう言ってイチカ達がいる方向に目を向ける。

「ミヅキさんの思う通りにやっていいんですよ。何かあれば対応しますから」

ありがとうございますとお礼を言う……本当に好きにさせてもらって感謝しかない。

「皆ご飯どうだった？」

お腹いっぱいに食べて動けないでいる皆の所に行き、感想を聞いてみる。

「こんな美味しいご飯は初めて食べました！　お腹いっぱいになるのも初めてです！」

美味しかったと皆喜んでいる。顔にも笑みが浮かんでいた。

「これから皆にはこのご飯を作るのを手伝って貰いたいんだ。無理にとは言わないけど」

「こんな美味しい物を私達が作れるんですか？」

皆がびっくりした顔をする。

「大丈夫、結構簡単な料理なんだよ。分からない事はちゃんと教えてあげるからね」

優しく声をかける。

「今日はもう疲れただろうからゆっくり休んでね。その代わり明日から皆頑張って手伝ってね！」

私の言葉に皆が無言で頷く……まだ何をさせれるのか少し警戒してる子もいるようだった。

皆の部屋を用意する為にデボットさんに声をかけてその場を離れる。

「デボットさんはこの子達の面倒をしばらく見てあげてね。今部屋を用意してもらうから待っててね！」

タッタタッタッと駆けだして、皆に手を振った。マルコさんに部屋を用意してもらい皆の元へ戻る。

イチカ達は最初に連れてこられた部屋を使う事になった。

「ミヅキ様……私達にはこんな立派な部屋は必要ないです」

皆が広い部屋の隅で小さくなっている。

「えー？　じゃどこで寝るの？　あっ、私の部屋がいいかな？　一緒に寝る？」

素晴らしい提案なのにぶんぶんぶんと首を振られて拒否される。

そんな勢いよく拒否しなくても……思わずシュンとしてしまう。

「違います！　嫌なわけじゃなくて、主人と同じ部屋で寝るなんて……恐れ多いと言いますか……」

イチカ達が恐縮してしまっている。

「ならこの部屋で寝てね」

有無を言わせずニッコリ笑う。

「デボットさんはどうする。私の部屋で寝る？」

「ふざけるな。お前の護衛に殺されるわ！」

デボットさんがイチカ達と寝ると言うのでお世話をお願いしておく。

「おやすみなさい」

私は皆に挨拶をして自分の部屋に戻って行った。

四　トラブル

「おはよぉー！」

ノックしてデボットさん達の部屋に入ると、もうすでに皆は目を覚ましていた。

「わぁ、皆起きるの早いね。よく眠れたかな？」

「「「「ミヅキ様、おはようございます！」」」」

揃って挨拶をされて思わず笑う。

「ふふ、おはよう～皆元気そうだね。朝ごはん出来てるよ、食べに行こう」

私はいいけど、マルコさん達と食べるのはさすがに緊張するかなと思い時間をずらして食べる事にした。マルコさん達は大丈夫と言ってくれたが一応ね！

「昨日のパンケーキの味を変えたんだよ。砂糖を減らしてソーセージとたまごを焼いて、おかずパンケーキです！」

皆にパンケーキを配って席につくと手を合わせた。

「「いただきます！」」

私とベイカーさん、デボットさんが先に挨拶をすると皆が続いた。

「「「「いただきます」」」」

「今日はこれからの事を教えていくから、沢山食べていっぱい頑張ろうね！」

皆は頷いてご飯をいっぱい頬張る。昨日よりもリラックスした様子に私は嬉しくなった。

ご飯も食べ終わったところで皆に明日の事について説明していく。

「明日お世話になった人達に料理をご馳走するから、皆にはその手伝いをお願いしたいと思います」

皆がコクコクとやる気を出して頷いてくれる。まずは役割を決める事にした。

「イチカとニカ、ミカはピザのお手伝いね。担当の料理人さんにやる事を聞いてね」

「「「はい」」」

「シカは唐揚げの下味を付けるお手伝いね。キッシュさんに紹介するからこっちに来てくれる？」

おいでおいでと手招きする。

「キッシュさん、この子シカって言います。唐揚げのお手伝いをお願いしたのでよろしくお願いします」

副料理長のキッシュさんが緊張するシカを笑顔で迎えて、手本を見せてくれた。

「どう？　シカ出来そうかな」

私が聞くとこくっと頷く。

「はい、私できます。ミヅキ様の為に頑張ります」

なんか肩に力が入ってる？　でも私の為になんて嬉しいなぁ。

「次はゴウね。ポルクスさんのお手伝いお願いね！」

ゴウをポルクスさんの元に連れて行く。

「ポルクスさーん。助手連れてきたよー」

ポルクスさんはパンケーキ用のジャムを作っていた。

「おー、なんかちっこいなぁ。大丈夫か？」

ポルクスさんはゴウを見て心配そうにする。

「えー私より大きいし、それに男の子だもん」

「おれ、美味しいものを作れるようになりたいです！　よろしくお願いします」

ゴウは元気よくポルクスさんに頭を下げた。その様子にポルクスさんがニヤリと笑う。

「よし！　俺が一からきっちり教えてやる。ゴウだったな、こっちにこい！」

ポルクスさんに手招きされてゴウが嬉しそうにちょこちょこと側に寄る。ふふふ、なんか並んでいると親子みたい。言ったらポルクスさんに怒られそうだから内緒だけど……

あとは一番小さいムツカだな。

「じゃムツカはこっちね」

手を繋いでリリアンさんの元へ歩いて行く。

「リリアンさん。ムツカが出来そうな仕事ってあるかな？」

リリアンさんはお店のお皿を並べて数を確認していた。

「そうねぇ……パンケーキの仕上げのジャムを塗ってもらう係なんてどうかしら？」

「それいいね！　危なくないし、単純作業だからムツカにも出来そう！」

リリアンさんのナイスなアイデアに手を叩いた。

「じゃムツカもゴウと一緒にポルクスさんの助手だね」

「じょしゅ？」

ムツカが首を傾げた。本物の幼女は可愛い……こういうところは見習わないと。

「お手伝いをする人の事だよ。ムツカ出来るかな？」

「ムツカ！　おてつだい出来る！」

ムツカはグッと小さな拳を握りしめた。ふふふ、可愛い……当日は是非ともケモ耳をつけてもらおう。どうせなら皆の分も用意しておこう！

凄くいい考えに思わずほくそ笑む。

お手伝い要員も増えたし明日が楽しみだ！

◆

今日は誘拐された時にお世話になった皆にお礼をする為にドラゴン亭を借りている。

店内の配置を少し変えてビュッフェスタイルで料理を提供する事にした。

マルコさんにビュッフェの仕組みを説明すると、すぐに意図をくみ取って用意してくれる。

「あと……マルコさん、材料費は本当にいいんですか？」

今回の材料費をマルコさんがまるまる負担してくれていたのだ。

「大丈夫ですよ。ミヅキさんが考えたレシピを頂けるんなら安いものです」

ニコニコ顔のマルコさん。こんなレシピでいいならいくらでも提供するのに、本当に王都に来てからお世話になりっぱなしだ。いつかなにかちゃんとしたものを返せたらいいなぁ……

マルコさんに感謝しつつ、皆でテーブルを動かしながら料理の準備に入る。

午後から皆が来る予定になっているので急がないといけない。

どれだけの人が集まるか分からないけど、これだけ用意しとけば大丈夫だよね？

並べられた材料の量を見て頷く。

「皆、料理の準備どう？」

ピザ係に声をかけるとルンバさんがひょいと顔を出した。

「おう、シルバが店に用意してくれた窯のおかげで何枚でも焼けるぞ。この子達もしっかり働いてくれるしな」

そう言ってイチカとニカとミカを見た。

「皆ありがとうね。疲れたら休憩ちゃんと取ってね！」

「はい、大丈夫です！　ルンバさんとっても優しいし丁寧に教えてくれますから」

「たまに味見もさせてくれるんですよ！」

「料理って楽しいです！」

皆生き生きしている。

楽しそうに働いてくれてよかった……辛かった分これからは笑って過ごして欲しかった。

「キッシュさん、そろそろ揚げ始めて下さい。ダージルさんもよろしくお願いします。シカは危ないからあんまり鍋に寄らないようにね」

興味深そうに覗いているシカに注意する。

「ほら、シカ味見してみろ」

ダージルさんが揚げた唐揚げを一つシカの前に出す。

「お客様に出す前に味の確認をしないとな、さぁ、自分で作った物を食べてみろ」

そう言って笑って唐揚げを差し出すと、シカが恐る恐る口をあけ、熱々の唐揚げを口に入れた。

「どうだ？」

二人がシカがなんて言うのかを待っている。

「美味しいです……昨日より美味しい、同じ物に見えるのになんでだろう？」

シカが不思議そうにしている。

「自分で作ったからだよ」

私がその理由を教えてあげた。

「この後皆が美味しそうに食べるのを見ててごらん。もっと料理が好きになるよ。ね！　ダージルさんキッシュさん！」

そうだなと二人共嬉しそうに笑っている。これで作る楽しさを知ってくれるといいな。

さて次はポルクスさん達だけど……どうかな？　デザート係を覗き込んだ。

「ポルクスさん、たまご液混ぜ終わりました！」

ゴウがでっかい鍋を一生懸命かき混ぜている。

「よし、じゃあ液を器に流し込んでいってくれ」

「はい！」

二人とも連携して動いている。

「ポルクスさんとゴウ、調子はどうかな？」

二人に声をかけた。

「プリンは蒸せば完成だ。パンケーキもお客様が来たら焼き始めるぞ」

ポルクスさんの方もバッチリのようだ。

「ポルクスさんが色々教えてくれます。料理って楽しいです！」

ゴウは頬を赤くして興奮しながら働いていた。

「ムツカは？」

キョロキョロと周りを見るがムツカの姿が見えない。

「ここにいますよ」

ゴウが指さす方を見るとポルクスさんの足に引っ付くムツカがいた。

「ムツカどうしたの？」

私がポルクスさんを見ると、ゴウが説明してくれる。

「ポルクスさんがプリンを味見させてくれたんです……そしたらえらく気に入ってしまって離れなくなりました」

「ムツカは本当に甘いものが好きなんだね。ちゃんとお手伝いが終わったらプリンをあげるから頑張ろう」

笑って声をかけるとムツカはポルクスさんの足から手を離した。

「ね、頑張れる？」

優しくもう一度声をかけた。

「うん……」

少し不満そうにしながらも頷いてくれた。するとゴウがその態度に苛立ち声を荒らげた。

「ムツカいい加減にしろ！　またあの牢屋に戻りたいのか、ミヅキ様やポルクスさんに迷惑かけたらまた売られちまうぞ！」

ゴウの言葉にムツカの表情がみるみる崩れていく。

「うっうっううあぁぁー！」

ムツカが目に涙をためて凄い勢いで泣き出した。

するとムツカの泣き声にイチカ達が集まってきた。

「ミヅキ様、どうしました？」

泣いているムツカと私を交互に見ながら聞いてくる。するとゴウが怒りのまま説明する。

「ムツカがわがままばかり言ってミヅキ様やポルクスさんを困らせてるんだ！　ムツカはミヅキ様の優しさに甘えてる」

ゴウの説明を聞いてイチカがムツカに駆け寄った。

「ムツカ……本当なの？」

ムツカは泣きながら口をへの字に曲げる。

「だって……だ、だって……」

「ムツカ、ミヅキ様の優しさに甘えては駄目だよ。私達は奴隷なんだから……また前の生活に戻ってもいいの？」

ぶんぶんとムツカが勢いよく首を振る。

「やだ、ムツカここにいたい……」

「だったらちゃんとお仕事しないと、ムツカもやってみようよ、ここでのお仕事とっても楽しいよ」

おー、イチカはとっても素晴らしいお姉ちゃんだな。思わず感心してしまった。

「ミヅキ様もムツカを甘やかしすぎては駄目です！」

自分は関係ないと思っていたらイチカに怒られた。

「はい……すみません」

つい、可愛いから甘やかしてしまう。頭を下げて謝った。

「はは！　ミヅキ言われてんな！」

ベイカーさんが私を見て笑っている。くっそーベイカーさんめ、後で覚えてろよー！

「皆もちゃんとミヅキ様の為に働かないと駄目だよ。ミヅキ様は優しくしてくださるけど、私達はいつだって売られてしまう立場なのだから！」

イチカの言葉に皆の顔が暗くなってしまった。

「いやいや！　皆売らないよ。皆の事はずっと守るって約束したでしょ、皆がもういいって言うまでね」

ムツカが泣きながら駆け寄ってきて私に抱きついた。

「ミヅキさま……ごめんなさい。ムツカ、ちゃんといい子にします。だからずっといっしょにいたい。もういいなんておもわない！」

可愛いムツカの頭を優しく撫でる。

「ありがとう。じゃムツカもお手伝い頑張ろうね。皆もごめんね。また私が間違った事したら教えてね。だからイチカ……そんな不安そうな顔をしないでよ」

私はイチカを見ながら苦笑する。イチカは私に注意してしまった事を凄く怖がっていた。

「すみません……ミヅキ様に生意気な事を……」

急に不安になったのか震えている。イチカの震える手を両手で包み込んだ。

泣きそうになって俯いていた顔が驚きで上を向く、その顔に優しく微笑んだ。

「大丈夫だよ」

そう言うだけでイチカの震えは止まっていた。

「さぁ！　お客様が来るまであと少しだよ。皆力を貸してね！」

私が声をかけると「はい！」と元気よく返事をして持ち場に戻って行った。

「それで……ベイカーさん、どこ行くの？」

皆に紛れて部屋を出ようとするベイカーさんに声をかける。

「ベイカーさんさっき私が怒られて笑ったよね！」

ベイカーさんにずんずんと詰め寄る。

「い、いやミヅキが怒られるの見るの久しぶりだからついな、つい。でも正論だったな」

ははは！　と思い出して笑ってる。悪いと思っているような様子のないベイカーさんに眉間がピクピクと動いた。

「ベイカーさん、ご飯なしね」

冷たく言い放つ。

「えっ……い、いや！　ミヅキ悪かった。謝るから！」

ふん！　私はむくれて横を向く。

「なんでもするから、手伝いでも！」

チラッとベイカーさんを見ると両手を顔の前で合わせて必死に頭を下げていた。

よっぽどご飯抜きが嫌だったのだろう。

「なんでも？」

私はうかがうようにベイカーさんの顔を見上げた。ベイカーさんはうんうんと笑いながら頷いている。ふふふ！　ならアレをつけてもらおうか！

私はじゃ許してあげると機嫌よくベイカーさんに笑いかけて、アレを取りに部屋を出ていった。

◆

「ミヅキ様大変です。外に沢山の人達が来てますよ！」

マリーさんが慌てて私に知らせに来た。

「えっまだ早くないですか？　招待の時間まで一時間はあるなのに！」

マリーさんの言葉に慌てて窓際に寄ると想像以上の人集りが見えた。

「えーあんなにお店に入らないよ！　どうしよう」

想定外の人数に戸惑う。デボットさんが隣でその様子を一緒に見つめる。

「あんな大勢の人達がミヅキを捜したんだな」

えー嬉しいけど……料理足りるかな？　私は外に並んでいる人達を見て少し考えた。

「ちょっと早いけど中に入ってもらおう！　あとは外にも席を作る。そうすれば席はどうにかなると思う」

【シルバ、魔法で外にテーブルとイスを作ってくれる？】

裏で寝そべっていたシルバを呼ぶと一緒に外に出た。

私が外に顔を出すと待っていた人達がザワついた。

「あっ！　ミヅキちゃん本当に無事だったのね。よかった……」

「ミヅキちゃん！　無事な姿見に来たよー！」

「今日は楽しみにしてるよ」

ちょっと外に出ただけで皆に声をかけられる。

「皆さん！　私の為に沢山の方が協力してくださったとお聞きしました。ありがとうございます。私に返せるものは料理くらいなので今日は楽しんで食べてください……って言いたかったんですけど、皆が駆けつけてくれたので足りないかも……仲良く譲り合って下さいね」

笑顔で挨拶をすると、手を振った。皆も分かったと頷いてくれる。

「店の中と、臨時で外にも席を設けます。料理は各自自由に取って好きな席で食べてください」

【シルバ、店の周りに土魔法でテーブルをお願いね！】

「シルバ！」

私はシルバが魔法を使っていると分かるようにあえて声をかけた、シルバが応えるように吠えると土のテーブルが店の前にズラッと並ぶ。

「少し早いけど……皆楽しんで下さいね！」

私は店の扉を勢いよく開けた！

◆

「ムツカちゃん！　こっちにもジャムかけてくれる？」

「はい、どうぞー」

「ムツカちゃーん、俺にもお願い！」

「はーい」

ムツカはあっちに行ったりこっちに行ったりトコトコと歩き回る。

パンケーキを食べる客がムツカにジャムをかけてもらおうと待っていた。

「皆さん、こっちに自分でかける所もありますよ」

私が大変そうなムツカの為にセルフコーナーを設けてやるが、ジャム待ちの皆はチラッと目を向けたあと見えない振りをする。ん？　なんだ今のは？

「ミヅキ様……あの人達、ムツカにジャムをかけて貰いたくて待ってるんですよ。あの衣装を着てから異常なほど大人気です」

ゴウが呆れ気味にムツカに群がる客達を見ている。

あーなるほど。ムツカに付けたケモ耳髪飾りと衣装の効果か！

私は可愛いムツカにキツネの格好の髪飾りと尻尾を付けさせていた。

「ふふ、ムツカとっても可愛いもんね。でもちょっと心配だなぁ」

よからぬ輩に目を付けられないようにしないといけないとベイカーさんを呼ぶ。

「ベイカーさん！　出番だよ」

私はなんでも言う事を聞くベイカーさんを召喚した。

「ベイカーさんはムツカのお手伝いしてあげてね！」

「ああ……」

ベイカーさんは力なく答えるとムツカの方にとぼとぼと向かい隣に立った。

ザワザワザワ……ムツカの周りの人達がコソコソ話し出すと、二人から距離をおく。

「えっ？　あの人……いつもミヅキちゃんの側にいる人だよな？」

「なんであんな格好してんだ？」

「もしかして獣人なの？」

私はなんでも言う事を聞くと言ったベイカーさんにケモ耳髪飾りを付けさせていた。

「ベイカーさん、カッコイイよ～！」

私はニヤニヤ笑いながらベイカーさんを褒める。

「このやろう！　心にもない事言いやがって……」

ベイカーさんが拳を握りしめてプルプル震えながら悔しそうにしている。

「ベイカーさん？」

聞き覚えのある声にベイカーさんの肩がビクッと跳ね、声の方に顔を向けた。

「コジロー……」

そこには驚いた顔のコジローさんがいて、ベイカーさんの姿を上から下までじっくり見ていた。

「ど、どうしたんですか、その格好は……ぶふっ！」

途中で噴き出しちゃってるし！　私もつられて隣でクスクスと笑ってしまう。

「それってライオンですか？　ははは！　強いベイカーさんによく似合ってますね！」

ベイカーさんにはライオンのたてがみ付きのケモ耳髪飾りを付けさせていた！

私が怒られてるのを笑った罰だ！

「ベイカーさん、ムツカの事よく見といてね！」

「あっ待て！　せめてもう脱がしてくれ」

聞こえなーい！　もう少し反省しといて貰おうかな。

うっしし！　ベイカーさんはほっといてポルクスさん達の手伝いに向かう。

「ポルクスさんお疲れ様です！　パンケーキを焼くの交代しますよ！」

「凄い人だな、焼いても焼いても足りないよ！」

ポルクスさんは汗を流しながら忙しそうにしている。

「ここは私がやるからゴウと一緒に休んできて」

「俺はまだ大丈夫」

ゴウが手を休めないのでポルクスさんが声をかけた。

「よし、ゴウ行くか。他の子達が作った料理を食べに行こう！」

「で、でも……」

ゴウが行くのを躊躇《ためら》っている。

「ゴウ、美味しい料理を作りたいなら他の人が作った物を食べるのも勉強だぞ」

そう言ってゴウを引っ張って行ってくれた。

ポルクスさんにゴウを付けたのは正解だったみたい！

「ミヅキ様、私もお手伝い致します」

ポルクスさん達がいなくなるとマリーさんがいつの間にか側に来てお手伝いを買って出てくれた。

「マリーさん、ありがとうございます。じゃあプリンの方をお願い出来ますか？　私はパンケーキ焼きますので！」

マリーさんは頷くと蒸し上がったプリンをテーブルに運んでくれた。

しばらくすると一通り料理を食べてきたポルクスさん達が戻ってきた。

「もういいの？」

二人に確認すると満足そうに頷く。

「ああ、ゆっくり食べてきたよ。なぁゴウ？」

「はい！　イチカ姉ちゃん達が作ったピザが具が変わっていて美味しかったです！」

ゴウが嬉しそうに報告してくれる。

「そうなの？」

「なんだ、ミヅキの指示じゃないのか？」

私は初耳だった、知らないと首を振る。折角だから食べて来いと言われたのでポルクスさん達と交代してマリーさんと行ってみる事にした。

「あっ！　その前にムツカとベイカーさんも休憩させないと！」

忘れてほったらかしてしまった！

「ベイカーさんにムツカー！」

二人の所に行くが、さっきまでムツカに群がっていた人達が消えていた。

「どうしたの？」

見るとムツカが疲れて眠ってしまいそれをベイカーさんが抱っこしていた。

チクッ……その姿を見ると胸の辺りがチクッと痛みモヤッとする。

すると私達に気がついたベイカーさんが助かったとほっとした顔を見せた。

「ミヅキ、この子どっかに寝かせてくれよ！」

私達の姿に心底安心する顔を見ると何故かおかしくなり笑ってしまった。

胸の痛みはいつしか全くなくなっていた。

マリーさんがムツカを受け取ってくれて、厨房の奥にある部屋に寝かせに行ってくれた。

「ベイカーさん……もう髪飾り取ってもいいよ」

二人っきりになるとボソッとベイカーさんに声をかける。

「やっとか〜！」

嬉しそうに外すと、そのまま私にそれを被せた。

「やっぱりミヅキが一番似合うな」

ニカッとベイカーさんが笑った。私はそうっと頭に手を伸ばして髪飾りを触る。

「じゃあ、少し付けてようかな」

ベイカーさんに似合うと言われてなんだが嬉しくなるが、少し恥ずかしくて下を向いた。

「あっ！　そうだ、ルンバさんの所に行かないと。手伝って！」

私は恥ずかしさを紛らわすように声を出してベイカーさんの手を引いた。

「その前になにか食わせてくれよー。美味そうな匂いを嗅《か》ぐだけでまだなんにも食べてないんだよ」

ベイカーさんが情けない声を出す。

「ピザを焼きながら食べさせてあげるから！」

私の言葉を聞いてベイカーさんは、ヒョイッと私を抱き上げる。

「それを早く言えよ！」

ルンバさんの所へと足早に向かった。

「ルンバさんすみません！　交代しに来ました」

「ああミヅキ、ベイカー。じゃあちょっとよろしく頼む」

ルンバさんが汗を拭ってどかっと椅子に腰掛ける。

「イチカ達も休憩してね。料理を食べてきていいよ」

三人は疲れているルンバさんを気にしてなかなか行こうとしない。

「俺はいいから行ってこい。戻る時に少し料理を貰ってきてくれると嬉しいなぁ」

ルンバさんがそう言うと三人は顔を見合わせて目を輝かせる。

「はい！　何か取ってきますね！」

イチカ達が嬉しそうに飛び出して行った。

「ルンバさん。ピザの具を変えたの？」

「そうなんだ。野菜が少なくなったから適当に具材を乗せて焼いてるんだが、結構評判が良さそうだぞ」

へー！　何を乗せたのかな？　並んでる食材に目をやる。

「あっ果物？　それと肉系に葉物に芋だね。イチカ達は何をのせたの？」

「どれか一種類だけをのせてチーズをかけていた」

なるほどね、まぁそれでも美味しいよね。

でもこの食材なら……私は今ある食材を選んで生地にのせる。

「じゃあ…私はこの組み合わせかな」

とりあえず三種類作ってベイカーさんに焼いてもらった。

窯の火の調節を担当してるシンクに声をかけた。

【シンクもお疲れ様～。なんか食べる？】

【大丈夫だよ、ミヅキの奴隷の子達が色々くれたから】

おー！　働きながらシンクの面倒も見てくれるなんて、優秀な子達なんじゃないの？

「ミヅキー！　焼けたぞー！」

ベイカーさんが皿にピザを出すと、切り分けて味見をする事に。

まずはルンバさんにどうぞとピザを三種類取り分けて差し出すと、一つずつ上の具を確認する。

一つ目は芋とソーセージとチーズ。二つ目はチーズだけのせて焼いてから、上に生野菜。三つ目がトウモロコシとパイナップルに似た果物をのせたピザ。

ルンバさんが一枚ずつ味を確認して食べていく中、隣のベイカーさんが美味い美味いとガツガツ食べていく。

「どれも美味いぞ！　俺はこの芋のが好きだな！」

ベイカーさんは芋とソーセージが気に入ったようだ。

「ルンバさんはどう？」

私は何も言わないルンバさんの顔を覗き込んだ。

「芋のは誰もが好きそうな味だな。野菜のはサッパリしていて女の人に人気が出そうだ。この果物のも斬新だな、好みが分かれそうな感じだがどれも美味いよ」

凄いな！　と笑って頭に大きな手をポンと置いてくれた。ルンバさんの承認を貰えてホッとする。

「よし、じゃあ作ってくよ。ベイカーさん食べるのは終わりにしてどんどん焼いてねー！」

私が食材を切っていると、イチカ達が両手に料理の皿を持って戻ってきた。

「ルンバさん！　唐揚げとパンケーキとプリン取ってきました。ここに置いておきますね」

ルンバさんの前に持ってきた料理を並べる。

「おっいいな！　ルンバ一個くれ」

ルンバさんの返事も待たずにベイカーさんが唐揚げをつまんでひょいと食べた。

もう！　ベイカーさんは行儀が悪いんだから！

「ベイカーさん！　それはイチカ達がルンバさんに食べて欲しくて持ってきたんだよ。勝手にとったら駄目でしょ！」

ベイカーさんがイチカ達を見ると苦笑している。

「全く、また髪飾りつけてもらおうかな」

私がジロッと睨むとベイカーさんの顔色が悪くなる。

「わ、分かった！　すまなかった。ルンバ悪い！」

ベイカーさんが慌ててルンバさんに謝っている……髪飾り、どれだけいやだったんだ。

「ミヅキ様、私達はもう休憩したので手伝います！」

イチカ達が私が食材を切っている様子を見て寄ってきた。

「ありがとう。じゃイチカは芋とソーセージ、この果物をこのくらいに切ってくれる？」

一センチ角に切った芋を見本に見せた。

「ニカは薬物を洗って、食べやすい大きさにちぎってね！　ミカは私と一緒に食材を生地にのせてくれる？」

まずはと見本を一枚作った。

「ミヅキ様凄いです！　私達はただのせるだけだったのに、食材の大きさを揃えたり色合いだったり考えてらっしゃるんですね。それだけで全然違いますね！」

「ふふふ、ありがとう。これが焼いたピザだよ。味見してみてね」

試食のピザを三人に差し出した。

「美味しい！　芋だけでも美味しかったけど……ソーセージが入るだけですっごい食べ応えがあります」

「この野菜がのってるのも美味しいです。さっぱりしてていっぱい食べられそうです」

「ミカこの甘いピザが好き。甘いのとしょっぱいのとの組み合わせが止められない」

皆美味しそうに食べてくれる。その様子にとても嬉しくなる。

「イチカ達の食材選びが上手だったからね。じゃあとは任せていいかな？　シルバにご飯持ってってダージルさん達の様子見てくるから」

「「はい」」

ルンバさんを見るとイチカ達が持ってきた料理を食べ終えてベイカーさんと代わろうとしていた。

丁度焼き終えたピザを持ってベイカーさんと奥の部屋に行くと、ムツカの近くでシルバが退屈そうに寝ていた。

【シルバ！　ピザ食べる？】

私を見るなりシルバが起き上がった。

【食べるがその前に……】

シルバが側に寄ってくると体を擦りつけてクンクンと匂いを嗅ぎだした。

私もふわふわなシルバの体をギューッと抱きしめた。

【ミヅキの側に居られなくて退屈だ……】

なんかちょっと拗《す》ねてる？　寂しそうな瞳を覗かせる。なんか可愛いな……

【ふふ、ごめんね。さすがに食べ物の所にシルバがいたら駄目だからね】

優しく慰めるようにシルバを撫でると、ちょっと満足してくれたようだった。

【さぁシルバ、これ食べてもう少し待っててね】

シルバの前にピザを置くと、唐揚げ係の元に向かった。

「ダージルさん、キッシュさん、シカ、交代しますよ！　休憩してきてください！」

「あーミヅキちゃん助かる」

キッシュさんが手をプラプラさせて椅子に腰掛ける。ダージルさんも帽子を取ってその隣に座った。そして隣の席をポンと叩くと「ほら、シカも座れ」とシカを呼ぶ。

シカが困って私の方を見てきた。

「シカ、座って休みな。また後でいっぱい手伝って貰う為にも今はきっちり休まないとね、休むのもお仕事だよ」

私の言葉に頷き、ちょこんと椅子に腰掛けた。

「シカ可愛いなぁ、あっそうだ！　シカにこれあげる」

私は自分がつけていたライオンの髪飾りをシカに付けた。

シカの茶色い髪によく似合っている。ベイカーさんの数倍似合うね！

「ダージルさんキッシュさん、新しいピザも作ったんですよ。よかったら味見して下さいね！」

「なに？　ミヅキが作ったのか？」

「食材足りなくなったのでイチカ達が考えたみたいです。それに少しアレンジ加えてみました。一応ルンバさんにも合格を貰えましたよ！」

「いやぁーあれは美味かった……」

ベイカーさんが味を思い出してウンウンと頷く。

「キッシュちょっと取ってこい」

ダージルさんが食べたいとキッシュさんに取りに行かせようとする。

「あっ！　私が行ってきます！」

するとシカがすぐに立ち上がってピザ班の方へ駆けて行った。

その後ろ姿を眺めてダージルさん達に聞いてみる。

「シカはどうですか？　無理し過ぎてない？」

「よく気が利いて働いてくれるよ。ただ休むのが下手だね。休んでても肩に力が入ってる感じだよ」

キッシュさんの言葉にダージルさんも頷く。

「でも、働いてる時の方が生き生きしてるし、動くのが好きなんじゃないのか？　周りが適度に休ませてやれば大丈夫だろ」

ダージルさんの言葉にホッとする。

皆楽しく働いてくれているみたいでよかった……これならやっていけそうかな。

ダージルさん達に代わって、肉に下味を付けながら待っているが、シカがなかなか帰ってこない。

「シカ、遅いね。場所分からないのかな？」

ちょっと見てこようとシカを迎えに行った。

ピザ係の方に向かう途中、人が集まり何やら揉めていた。

えーまたトラブル？　嫌な予感にため息をついて人集りに駆け寄った。

「なんであなたみたいな卑しい子が料理を取っているのって聞いてるの！」

騒ぎの中心で高級そうなドレスを着た綺麗な女の子がシカに詰め寄っていた。

「全く！　美味しい料理が食べられるって聞いて来てみればなんなのここは!?　騒がしくって落ち着けないわ！」

女の子の言葉に周りの人達の顔も険しくなる。女の子は初めて見る顔だった。

「シカ、大丈夫？」

怯《おび》えるシカに駆け寄ると、シカはピザを持ったまま震えていた。

「ミ、ミヅキ様……す、すみません。わ、私……何か粗相をしてしまったみたいで……」

泣きそうな顔をして謝ってきた。

「ミヅキちゃん、その子なんもしてねーよ。そこの貴族のお嬢様がいちゃもんつけてるだけだ！」

店の常連客のジルさんが声をかけてきた。ジルさんの言葉に周りの人達もそうだそうだと騒ぎ出す。

「あなた達庶民が私に口答えする気⁉」

貴族のお嬢様が顔を赤くして興奮する。

「不愉快だわ！」

「すみませんでした。今日は無礼講の食事会なんです。私が皆を招待しました。初めてお会いしますが、今日の事は誰かに聞いてきたのですか？」

ここに来てる以上招待を受けてきたのだろう、頭を下げて丁寧に聞いた。

「最近、レオンハルト様もカイル様もここの話ばかりするので来てみただけです！　こんな所のどこがいいのかしら！」

心底分からないとお嬢様がご立腹だ。あの二人か〜！　余計な揉め事を連れてきて〜！

「そうでしたか、料理を食べて欲しかったのですが高貴なあなたの口には合わないかも知れませんね」

私は顔はにこやかにしつつ嫌味っぽく言葉を返した。

「ふん！　二度と来ないわ。行くわよ！」

そう言って従者を連れて出ていってしまった。ふぅーすぐに帰ってくれてよかった。

どこかのお嬢様の姿がなくなるとシーンとする店内に声をかけた。

「皆ごめんね、気にせずに食べてね」

皆がまた食事を楽しむのを確認するとジルさんに駆け寄る。

「ジルさん！」

声をかけるとジルさんが笑顔で迎えてくれる。

「ミヅキ、この前といい、今といい大変だったな」

「ううんそれよりも、ジルさんも私の為に沢山動いてくれたって聞いたよ。だからこれ特別に渡そうと思って！」

そう言って収納魔法からコロッケを取り出す。

「ジルさんの為に揚げたんだよ、奥さんと仲良く食べてね！」

私の贈り物にジルさんが顔を綻ばせた。

「ありがとう、大事に食べるよ。それにしてもさっきの貴族のお嬢さんは大丈夫か？」

「すぐに帰ったたし、もう来ないって言ってたから大丈夫じゃない!?」

私はその時は知らなかった……プライドの高い貴族が面倒臭い生き物だという事を……

◆

「お疲れ様ー！」

無事、食事会を終え、片付けも終わった所で、私から手伝ってくれた皆にお礼の挨拶をする。

「今日は手伝ってくれて本当にありがとうございました。残り物で申し訳ないけどおなかいっぱいご飯食べてください！」

席につくと皆の顔を見回した。

「イチカ達はどうだった？　今回のお仕事」

「お仕事って面白いです。最初は不安でしたがこういうお手伝いならまたやりたいって思いました」

イチカの言葉に皆が同意してウンウンと頷いている。

「そっか、皆が嫌じゃないならよかった。このままここで働いて自分のお金を稼いで欲しいんだけど……どうかな？」

皆を買ってからずっと考えていたこれからの事を聞いてみる。

「ここでずっとこうして働いて、お金を貰えるんですか？」

イチカ達が驚いている。

「もちろん皆がよければだけど……」

皆の顔色をうかがうと、驚いたまま固まっている。

「ミヅキ様、奴隷が稼いだお金は全てご主人様の物になるんですよ」

だから私達は貰えませんとイチカが首を振る。

「えーそんなのおかしいよ！　駄目駄目、絶対ダメ！　皆が働いて稼いだお金は皆の物だよ。そしてそのお金で早く皆奴隷という立場から解放されて欲しい」

そう言って皆を見つめた。

「ミヅキ様……」

皆がシーンとなって考え込む。

「それが私が叶えたい事。皆は私の為に働いてくれるんだよね？　だったら私の願い叶えてくれる？」

そう言って笑うと、イチカ達が泣き出した。

「ありがとうございます……ありがとうございます」

イチカ達は泣きながらずっとお礼の言葉を繰り返している。

その様子を見てムツカも不安になったのか泣き出してしまった。

「なんでないてるのー！　やだームツカここにいるー」

どうやら話の内容を所々聞いていて、ここにもういられないと勘違いをしたようだ。

「皆が自由になってもここに居たければ居ていいんだよ。それこそ皆の自由なんだから」

ムツカに言いながら皆にも言う。

「まだ少し先の事だけど、働きながら考えてみてね。皆にはまだこの先に色んな選択肢があるって事を知って欲しい。これから素敵な楽しい事が沢山待ってるって分かっていて欲しい」

皆が私の話に頷く。皆きっとずっと辛い思いをしてきた。これからは楽しい事も沢山体験して欲しい。私がこの世界に来て色んな人に助けられたように、私も自分の出来る範囲で困ってる人に手を差し伸べてあげたい。

「さぁ真面目な話はおしまい！　今日は沢山働いて疲れたでしょ？　いっぱい食べて早く休もうね！」

泣いている皆に笑顔を見せて食事を促した。

◆

次の日からはお店は通常営業。

皆若いからかな、疲れた様子も見せずに手伝ってくれている。

昨日お披露目されたメニューが追加されたが、手伝いが増えた事もありいつもより楽にお店が回っていた。そんな楽しい雰囲気の中……やっぱり災いはやってきた。

「ミヅキ、衛兵がお前に用があるそうだ」

デボットさんが顔を強ばらせて知らせに来てくれる。

「えー衛兵？　なんだろ？」

「デボットさん、持ち場離れて平気？」

デボットさんは金銭に強いのでお店の会計を任せていた。

「リリアンさんに交代して貰ったから大丈夫だ。それよりもまた何かしたのか？」

心配そうに聞いてくる。なんか？　まぁ色々やらかしてるから……どれだろ？

しかしまたと言われてしまうとは……

外に出るといつもドラゴン亭に食べに来てくれる二人組の兵士さんがいた。

「あれ？　ハンセンさんとトールさん？」

二人は気まずそうに私を見ている。

「ミヅキちゃん……すまん。今日は衛兵としてここに来た」

「大臣からミヅキちゃんを連れてくるように指令を受けたんだ」

二人共か気まずそうに視線を逸らす。

「こんな指令、受けたくなかったんだが……」

すまなそうに言う二人にデボットさんが後ろから怒鳴った。

「だったら、そんな命令突っぱねてこいよ！」

デボットさんの言葉に二人は言葉をなくす。

「デボットさん、二人はちゃんとお仕事をしてるだけだよ。そんな事言ったら駄目でしょ！」

デボットさんが面白くなさそうに顔を歪める。

「まさか捕まるとかじゃないよね？」

そこまでの事をした覚えはなかった私が二人に確認する。

「ああ、それはないよ。最近の騒動について聞きたい事があるそうなんだけど……あの大臣、庶民差別が酷いからなぁ」

「酷い事言わないか心配で……」

二人は私を心配そうに見つめる。うわぁ、一番嫌いなタイプかも……

「じゃあ……デボットさんは連れていかない方がいいよね」

デボットさんを見ると不服そうにしている。

「そうだね、部屋にも入れないと思うぞ」

トールさんがデボットさんの姿を見て同意する。

「今すぐに行った方がいいんですか？」

「なるべく早く連れて来いとの事だったけど、待ってるからしっかり準備しておいで。あのA級冒険者と誰か貴族の人に付いてきて貰った方がいいと思うよ」

二人の助言に感謝する。

店に戻ってベイカーさんに事情を説明する。準備をしてトールさん達の元に向かった。

「なんでミヅキが呼ばれるんだ？」

ベイカーさんが突然の事に不快感をあらわにする。

睨まれて二人は顔色を悪くするが、事情は何も知らされてないとの事だった。

「もう！　ベイカーさんも二人を睨まないでよ、二人のせいじゃないでしょ！」

「私、マルコ様に知らせてきますね」

一緒に話を聞いていたマリーさんが思案顔で屋敷へと走り出した。

「ついていくのは俺とマルコさんがいいだろうな。あとは、一応聞くか……シルバ達はどうする？」

聞くまでもないだろうがとベイカーさんはシルバ達を見る。

【絶対についていくからな】

【僕も！】

二人もついてくる気満々だ。

「従魔は連れて行っても大丈夫ですか？」

二人に聞くと渋い顔をされる。

「王宮に入る際には武器になりそうな物は取り上げられます。従魔も同様に……」

「えー！」

シルバ達を見ると、明らかに機嫌を悪くしている。

「グルウゥゥ……」

気に入らない様子で唸り出した。

シルバの牙が見えて皆の顔色が悪くなったので落ち着かせるためにシルバに抱きつく。

【シルバ、そんなに怒らないでよ……ちょっと外で待ってて。お話してきたらきっとすぐに帰れるよ。だってなにも悪い事なんてしてないもん。シルバ達と離れるのは寂しいけどね】

寂しそうに言うと、シルバの怒りが少し収まったのかペロペロと顔を舐められる。

「デボットさんは、皆をお願いね！」

「ミヅキ、俺はついて行ったら駄目なのか？」

デボットさんが納得いかなそうにしていた。

一緒に行きたいと思ってくれるのは嬉しいが、きっと来てもデボットさんが嫌な思いをするだけだと思う。そう思い私は首を振った。

「大丈夫だよ。こんな強くて頼もしいベイカーさんに、シルバ達も近くにいてくれるんだから」

「だが……貴族のやり方は汚いぞ」

デボットさんだからよく分かるのかもしれない。

「そこはマルコさんに頼むから、ねっ！　待ってて。デボットさんが皆を見ててくれると思うと安心して行けるよ」

そんな事を言ってるとマリーさんがすぐに戻ってきた。

「ミヅキ様！　マルコ様がロレーヌ侯爵に話をしてからすぐに駆けつけるそうです。ですからもうしばらくお待ちください」

マリーさんの言葉に皆も少しホッとする。ロレーヌ侯爵が来てくれるなら心強い！

安堵の空気が流れる中、皆で店に入って奥の部屋で待っていると、店内が騒がしくなってきた。

「おい！　ここにいる〝ミヅキ〟という子供はどこだ！」

野太いおじさんの声が店内に響く。

お店を覗くとローブを着た、ちょっと小太りなおじさんが沢山の兵を引き連れ店内に入ってきた。

もー！　次々になんなの!?

「ミヅキという子供はお前か？」

ローブのおじさんが店内で働いていたムツカを指をさした。ムツカはいきなり大きな声を出されて睨まれた事でびっくりして停止してしまった。

するとイチカが飛び出していきムツカを庇った。

私も思わず飛び出そうとすると、デボットさんに肩を掴まれる。

「なにデボットさん放して！　ムツカ達が！」

「あいつらは自分の意思で動いている。お前は動くな！」

デボットさんを睨むが、手を放してくれない。

「ミヅキ様に何か御用でしょうか？」

イチカが膝をついてローブの男に話しかけた。

「そいつがそうなんだろ？　馬鹿みたいに獣の耳をつけていると聞いたぞ。今から王宮に連行する！　連れていけ！」

男が命令すると後ろに控えていた兵士達がムツカに向かい動き出した。

私はデボットさんの制止を振り切ってムツカ達の元に駆け寄った。

「ミヅキは私です！」

ローブの男とムツカの間に私は割り込んだ！

「ミヅキ様！」

イチカが私を庇おうと前に出ようとするのを手で制す。

「私に何か御用でしょうか？」

「ふーん、お前がミヅキか……兵士に連れてくるように指令を出したのに、全然来ないから様子を見に来たんだ。あっ！　お前達何をしていたんだ！」

男はハンセンさんとトールさんに気が付き声をかけた。

どうやら指令を出した大臣というのがこの人のようだ。

「まだ幼い子供ですので、準備をさせていました。そんなに急ぐ必要があったのですか？」

「わざわざビストン大臣が来る必要などないと思われますが、ただ話を聞きたいだけと言っておられましたよね？」

ハンセンさんとトールさんに疑わしい顔を向けられて大臣が怯んだ。

「うるさい！　私はルイズ侯爵にこの子供を連れてくるように言われたんだ。おい！　いいから早く連れていけ！」

そう言って兵士に指示を出すと私に手を伸ばして掴もうとする。

すると掴まれる前にシルバが立ち塞がった。

「グルウゥゥ……」

「ヒィ！　なんだ、この魔獣は！」

ビストン大臣が尻もちをつき後ずさると、兵士達が大臣を庇って剣を抜いた。

【シルバ！　駄目だよ！】

シルバに抱きつき宥めると、多少イラつきながらも私の隣に礼儀正しく座った。

「申し訳ございません。この子は従魔なんです」

「この魔獣が従魔？」

大臣がシルバを見て唖然としている。

「と、とりあえず抵抗するなら拘束するぞ。大人しくついて来るんだ！」

腰を抜かしながら凄んでも迫力は半減だ。

「一体なんの用件でミヅキを連れていくんですか。理由をお聞きしても？」

ベイカーさんやデボットさんが私の前に出る。

「ルイズ侯爵の命令だ。なんの用かなんて知らん。いいから来い！」

侯爵の命令と聞き皆が下手に手を出せずにいた。

「大丈夫だよベイカーさんにデボットさん。なんか話があるみたいだから行って聞いてくるよ。いくら貴族の方でもこんな子供に手荒な事はしないでしょ？　しかも王宮に勤めているなら尚更ね……そうですよね、大臣様？」

ビストン大臣を上目遣いに見つめると、ポカーンと口を開けている。

「お前……歳はいくつだ？」

えっ、歳？

「何歳だっけ、ベイカーさん？」

確認する為ベイカーさんを見つめる。

「六歳？」

ベイカーさんまで首を傾げている。なんで疑問形？

「ミヅキには歳なんて関係ないもんなぁ……」

周りを見ると皆が頷く。そりゃあ、精神年齢は大人のつもりだけど、まだ見た目は子供だよ！

その隙に、兵士達が私を取り囲みシルバ達から離される。

シルバが兵士達に噛み付こうと口を開いた。

【シルバ！　ここで暴れたら駄目だよ。とりあえず大人しくついて行くから、何かあったら、その時はよろしくね】

「ビストン大臣、私達が連れていきますから、手荒な事はしないでくれませんか？」

ハンセンさんとトールさんが、他の兵士達から離すように私を連れて行く。

「ミヅキちゃん……悪いな」

歩きながら声をかけてくる。申し訳なさそうにする二人に、首を横に振って笑いかけた。

「ううん、二人に連れて行ってもらえるなら安心だよ」

大臣を先頭に兵士に囲まれ歩き出すと、更にその後ろからシルバ達とベイカーさんがついて来る。

チラッと後ろを振り返って姿が見える事に安堵する。皆が揉めないように平気な振りをしたがやっぱり心細かった。

王宮の門に着くとこちらにも知っている顔がいた。

「ビストン大臣にミヅキちゃん!?」

門番のお兄さん達が思わぬ組み合わせに驚いたのか目を見開いている。

「なんだ？　お前達もこの子供を知っているのか？」

大臣が門番達の様子に気がつき声をかける。

「はっ！　ドラゴン亭に通う者なら誰もが知っているかと思います」

門番のお兄さんはビストン大臣に敬礼しながら答えた。

「発言をお許し下さい！　何故この子が王宮に来ているのですか？」

「お前達には関係ない！　仕事をしていろ！」

大臣は問いには答えずにサッサと先に進もうとする。

「後ろの奴らは勝手について来ている。よく身分を確認しとけ！」

私達が先に進むなか、ベイカーさんとシルバ達が後ろで足止めをされる。

「ミヅキ！　くっそ何なんだ！　おい、お前、今すぐシリウスとユリウスを呼んでこい！」

ベイカーさんが門番に怒鳴る声だけが聞こえてきた……

◆

「一体なぜミヅキちゃんがビストン大臣と……」

「早くシリウスとユリウスを呼んできてくれ！　ミヅキがどうなってもいいのか？」

門番はその言葉にハッとするとシリウス達の元へと走っていった。

「ベイカーさん、一体何があったんですか？」

ユリウス達が怪訝《けげん》な顔をしながら俺達の元へと来た。

「こっちもよくわからん……いきなりビストン大臣って奴が来てミヅキを連れてっちまったんだ。俺達もここまで付いてきたが、ここから中に入れないんだ！」

「ミヅキさんが？　ビストン大臣ですって？」

「あの、獣人差別の大臣だな」

シリウス達もよく知ってるようで顔が歪んだ。

「確か……ルイズ侯爵の命令でミヅキを連れて行くと言っていた」

「「ルイズ侯爵！」」

ユリウスとシリウスが声を揃える。

「なんでルイズ侯爵がミヅキの事を……あの方はロレーヌ侯爵と並ぶこの国の権力者の一人ですよ」

「知らねーよ！　やっとミヅキが帰ってきて落ち着いてきたって所なのに、次から次へと！」

毎度の事ながら揉め事が多く腹が立つ。

「レオンハルト様と国王の元に向かってみます、ベイカーさんはついて来て下さい。シルバさんとシンクさんは申し訳ありませんが……王宮には入れません」

【何！】

【なんで!?　ミヅキは？　ミヅキの所に行きたい！】

二人が唸っている。何を言っているか分からないが納得いかないのは伝わった。

「従魔として登録されていますのでお二人は武器と見なされます。王宮に入るには武器携帯の届出や国王からの指示がないといけないのです。なのでベイカーさんの武器も預からせていただきます」

「お二人はあそこで待機してもらいます。ミヅキさんの元へは私達が必ず向かいますので、どうかここは抑えて下さい」

シリウスが門の隣にある建物を指さして頭を下げた。

「グルゥゥ……」

シルバが構わず進もうとするのを俺は慌てて止める。

「待てシルバ！　とりあえずミヅキとは念話は届くのか？」

シルバの気を紛らわせようとそう聞くと、シルバが足を止めた。

【ミヅキ、ミヅキ！】

【あっ！　シルバ～大丈夫？　暴れてない？】

シルバの殺気が緩んだ。きっとミヅキの返事があったのだろう、その事に自分も安堵する。

俺に向かってシルバが頷いたので頷き返す。

「その様子だとミヅキと意思疎通が出来たんだな。ならしばらくは大人しくしていろ。ただ話をするだけかもしれないだろ？　それなのに俺達が暴れてしまったらミヅキの立場が悪くなる。暴れるのはいつでも出来るからな……」

他の者達は俺達の会話に顔色を悪くしている。まぁそうだろう。俺の言葉には、ミヅキを奪う事などいつでも簡単に出来ると言う意味を含んでいた。

シルバは少し思考すると、大人しく待機場所へと向かった。

シンクはシルバの背に止まって大人しくしているようだった。

「とりあえず今は大人しくしていてくれるみたいだ。シルバが暴れ出す前にミヅキを連れ戻さないと……言っとくがシルバとシンクならこの国を潰す事なんて訳ないからな。そうなったら誰にも止められないぞ」

俺の忠告にユリウスもシリウスも頷く。

この二人はよく分かっているようだ……それが大臣達にも通じるといいんだが。

二人は事の重大さに急いで俺を王宮内へと入らせた。

◆

ベイカーさん達と別れてすぐ、シルバから念話が届いた。

【ミヅキ、とりあえず門の所で俺達は大人しく待っていてやる。だから早く出てこいよ。お前に何かあったら構わず乗り込むからな】

シルバの言葉に苦笑いするが、心配な気持ちが伝わってきた。

【うん。多分……いや、大丈夫だよ。とりあえずなんかすっごい広い部屋に通されたよ。牢屋とかじゃないみたい！】

確証が持てない以上絶対とは言えなかった。

【早くミヅキの所に行きたい……】

シンクが力なく呟く。

【シンク大丈夫？　なんか元気ないけど？】

【ミヅキがいないから】

うぅ……可哀想。元気のないシルバやシンクの為にも早く帰りたい。

シルバ達との話を切ると周りの様子をうかがった。

広い部屋に通されるとすぐに、トールさん達は用が済んだと部屋から追い出されてしまった。なのでここには顔見知りが一人もいない。ちょっと待っていろと言われたが、護衛だか見張りだかの兵士がいるだけ中で一人どうする事も出来ずにソワソワしていた。

「待たせたな……」

扉が開くと強そうな兵士を携えた銀髪の男性とビストン大臣、そして綺麗な女の子が入ってきた。

どう見ても高貴な貴族のようなので、一応膝をついて頭を下げる。

「お前がミヅキか……おもてを上げろ」

冷たい声にそおっと頭を上げると、高い所から髪と同じ灰色の冷たい瞳が見下ろしていた。

うわぁ、なんか怖そうな人だな。

第一印象からよくないので、ここは大人しくしていようとじっとしていた。

「お前が今王都で流行っているドラゴン亭とやらで、昨日食事会を開いた者か？」

えっ？　まさか呼び出した理由って昨日の事で？

「はい、お世話になった人達を招きました」

「そこで、私の娘に不敬な態度を取ったらしいな」

不敬な態度？　なんの事か分からずに首を捻る。昨日は楽しく皆で食事をしただけだけど。

「あなた、昨日私に失礼な態度を取ったでしょ！」

考えを巡らせていると後ろにいた女の子が目を吊りあげて金切り声をあげた。

あれ、どこかで聞いた事がある声だと顔を凝視する。

「あっ！　昨日シカを怒鳴りつけていた人だ」

その瞬間にここに呼ばれた理由が分かった。なるほどね、子供の喧嘩《けんか》に親が出てきちゃった感じかな。なら不本意だが適当に謝ってさっさと帰してもらおう。

「不敬な態度を取ったつもりはありませんでしたが、不快な思いをさせてしまい、申し訳ございませんでした」

私はあっさり謝ると深々と頭を下げる。

「……」

誰も何も答えない。あれ？　と思いチラッと顔を上げると、銀髪の男性がうかがうような視線を私に投げていた。

ゾクッ……思わず背筋が寒くなる。

「確かに君の言った通り歳の割にしっかりした子だなぁ」

「そうでしょう！　それにこの子供、珍しいグレートウルフを従魔に持っております！」

ビストン大臣が銀髪の男性に話しかけられ、機嫌よく答える。

「ほぅ……」

銀髪の男性は顎に手を当て何やら考え込んでいる。

なんで謝ってるだけなのに歳やらシルバの事が話に出てくるの？

なんだかすんごい、いやな予感がする。私は何も気がつかないふりをしながら頭を下げておく事にした。すると銀髪の男性が声をかけてきた。

「お前、私に仕えるなら今回の不敬罪をなかった事にしてやる」

不敬罪！　えっ子供の喧嘩《けんか》で罪になるの？　これってこの世界だと普通の事なの？

基準が分からない私は返答に困ってしまった。

「何を悩んでいる！　罪を取り消して貰えて、しかもルイズ侯爵に仕えられるなんて、庶民には素晴らしい誉れだ。断る理由がないだろう！」

ビストン大臣が興奮して唾を飛ばしながら叫ぶ。

なんとなくそう思っていたが、やっぱりこの人がルイズ侯爵なんだ。

「申し訳ございません。断るとどうなるのでしょうか？」

私が聞くと大臣や兵士達がどよめいた。

「もし断るなら不敬罪で拘束する。そうだなぁ、まずは牢屋に入って貰おうかな」

ルイズ侯爵が淡々と言った。

うっ……また牢屋か。どうなんだろ、あれだけの事でも不敬罪になるの？

大人しく捕まっていたらロレーヌ侯爵達が来てくれるかな。

私が腕を組んでうーんと考え込んでいると、その様子にさすがのルイズ侯爵も驚いている。

「まさか本当に断るつもりか？」

今まで断られた事などなかったのだろう。だけど私はルイズ侯爵に仕えたいとは思わないし、もし捕まってもきっとマルコさん達がどうにかしてくれると思う。

「今よりはいい暮らしも出来るぞ」

そのセリフどっかで聞いたな……

あの王子の事を考えていると、バーン！　と扉が勢いよく開いた。

「ルイズ侯爵！　ここにミヅキがいるそうだな、返して貰おう！」

噂をすればなんとやらあの王子が現れた。

この時ばかりは会えて嬉しいと思っていると、王子の後ろからユリウスさんシリウスさん、ベイカーさんも現れた！　よかった！　私は思わず肩の力を抜いた。

「これはこれは、レオンハルト様」

ルイズ侯爵がレオンハルト様に向かって笑う。

ゾワッ……あんな風に笑うんだ。その笑顔に寒気がした。

「レオンハルト様！」

ルイズ侯爵の娘の令嬢がワンオクターブ高い声でレオンハルト様の名前を呼んだ。

「ローズ嬢？　何故ここに？」

レオンハルト様が怪訝《けげん》な顔を向ける。

「この者が私に不敬を働いたのです！　だからお父様に言って怒っていただこうと。レオンハルト様からも何か言ってやって下さい！」

ローズ嬢がレオンハルト様の腕を掴み自分の体に引き寄せる。

レオンハルト様は顔を歪めてバッと腕を引く。

「ミヅキが不敬だと……」

ありえそうだなとブツブツ言っている。

おい！　助けに来てくれたんじゃないのかよ！

せっかく好感度上がりそうだったのに！

「ミヅキがそんな事する訳ないだろ。いや、ないでしょう。昨日お店で揉め事があった時に仲裁に入っただけでしたよ」

ベイカーさんが説明をする。

「いいえ！　その後に、この私に食べさせる物なんてないって追い出しましたわ！」

なんか、大袈裟《おおげさ》に捏造してる。

「レオンハルト様！　婚約者の言葉を疑うのですか？」

ローズ嬢がレオンハルト様に縋りつくが、それよりもローズ嬢の言葉に反応してしまう！

婚約者！　って言った！

「婚約者候補だろうが！　ミヅキ、違うからな！」

レオンハルト様が慌てて私に弁解するが、別に婚約者でも一向に構わない。

ただ、婚約者がいるのに私にプロポーズしたのかと驚いたが婚約者候補か……

王子ともなれば婚約者候補がいっぱいいるのだろう。

「ミ、ミヅキはそんな事する奴じゃない。俺が保証するからすぐに解放しろ」

レオンハルト様が気を取り直してルイズ侯爵に命令した。

しかし王子の言葉にルイズ侯爵が笑いながら首を横に振る。

「レオンハルト様申し訳ございません。この者は先程から私に仕える事になりました。なのでご心配なく」

はっ？　仕えるなんて一言も言ってないし！

「何！　ミヅキどういう事だ？」

レオンハルト様が私に聞いてくるが、私が一番意味が分からない。

「いいえ、仕える気なんてありません。さっきから断ってるのにこのおじさん話が通じないみたいです」

訳が分からなくて困ってしまう。

「先程喜んで私に仕えると言いましたよねぇ……ビストン大臣？」

いきなり話を振られて大臣は一瞬キョトンとするが、すぐに我に返って勢いよく頷いた。

「えっ？　ええ！　ええ！　確かに言っておりました。食堂の手伝いよりも侯爵様に仕える方が遥かにいいと！」

ビストン大臣が嘘に乗っかる。

「それともまさか、あなたは侯爵である私に嘘を言ったのですか？」

ジロッと私を見下すように見つめる。

「それこそ不敬罪ですな！」

ビストン大臣はルイズ侯爵の思惑を察したのか楽しそうに笑っている。

えええぇぇぇぇ何それ！　それが国に仕える大臣がやる事か！

悪どいやり口にさすがの私も頭にきた。ピキッと青筋を立てる。

「さぁ、私に仕えるか不敬罪か選んで貰おうかな？」

ルイズ侯爵がニコッと笑いながら他の人には聞こえないように私の耳元で囁いた。

この野郎！　思わず拳を握りしめる。

ドッガッーーン!!

すると突然外から物凄い爆発音と衝撃が走った。

五　ドラゴン

ミヅキの気配を感じながら外で大人しくシンクと待っていると、何やら王都の外から不穏な気配が近づいてきた。俺は立ち上がり西の空を見つめた。

【シルバ、なんか来たよ】

シンクはあまり興味がないのか、そう言いながらもずっとミヅキが消えていった方向を見つめていた。

【あの気配はなんだ？　ドラゴン、みたいだがアイツらは穏やかな性格のはずだ。なんであんなに禍々《まがまが》しい気配を発しているんだ？】

一応警戒していると、ドラゴンはどうやらこの王都を目指しているようだった。

どんどん気配が近くなる。

【こっちに来るな】

ドッガッーーン!!

【なんか攻撃してきた、ミヅキ大丈夫かなぁ？】

シンクの一番の心配はやはりミヅキらしい、しかしそれは俺も同じだった。

【ちょっとおかしいな。シンク、ミヅキの所に行くぞ！】

【えっ！　いいの！】

シンクは喜んで顔を上げると羽ばたいた。

【防壁が破壊されたのか人族達が慌てている。今なら動いてもわからんだろ。それにミヅキが心配だ】

【そうだね！　あっベイカーの武器はどうする？　持っていった方がいいかな？】

【一応あいつは使えるから持っていこう】

俺はベイカーの武器を咥えると王宮の中へと走り出した。

◆

「報告致します！　先程魔物が現れて、西の防壁が倒壊しました！」

兵士が廊下を駆け抜け、王の広間の扉を開けて叫んだ。

「魔物？　何故急に」

ギルバート国王が兵士の言葉を疑う。それはここ何十年、魔物が王都を襲う事などなかったからだ。しかし、先程の爆音と衝撃から兵士が嘘を言っているとは思えなかった。

「アルフノーヴァのいない今か……まずいな」

「ただいま兵を集めて都民の避難誘導をしております」

「それでいい。第一、第二、第三部隊は魔物の討伐にあたれ！　第四、第五部隊はそのまま民達の避難を！」

「はっ！」

兵士は命令を伝えるべくすぐさま来た道を戻って行った。

「国王、何故急に魔物が？」

広間にいた大臣達がザワザワと騒ぎ出す。すると部屋にロレーヌ宰相が飛び込んできた。

「国王ご無事ですか！　先程の爆発音は？」

ロレーヌ宰相は国王の無事な姿をみてほっと胸を撫で下ろした。

「おお、宰相早いな。私達は大丈夫だが西の防壁に魔物が現れたそうだ。まだ被害状況など詳しい事は分かっていない」

「魔物？　シルバさんじゃないのですか？」

宰相の言葉に、今度は国王が訳が分からないといった様子で尋ねる。

「何故あの従魔の襲撃だと思ったんだ？」

「いえ、ミヅキさんが王宮にいるという事なので、先程の音はシルバさんが暴れた音かと……それで、どうご指示を？」

ロレーヌ宰相はすぐさま仕事モードになった。

「魔物はなんでしょう？　ここ何十年と魔物の襲撃などなかったのに、あの防壁を壊すとは……」

ドガッーン!!　今度は更に近くで轟音が鳴る。

「今度はなんだ⁉」

建物が揺れると皆が騒ぎ出した。

「どうやらルイズ大臣の部屋が崩壊したようです！」

兵士が慌てて報告の為に駆けつける。

「ルイズ大臣だと！」

ロレーヌ宰相がいち早く反応した。

「なんだ？　何か知ってるのか？」

国王がロレーヌ宰相に目を向ける。

「ミヅキさんがルイズ大臣に連行されて王宮にやって来たと聞きまして……」

「では、先程の爆音は……」

二人は顔を見合わせた。

「行くぞ！」

「はい！」

二人は他の大臣達がポカーンと見つめる中、ルイズ大臣の部屋へと走り出した。

◆

【ミヅキ！　何かあったみたいだが大丈夫か？】

【シルバ、シンク！　こっちはとりあえず大丈夫だよ。そっちは平気？　さっきの音ってなんだろ】

【魔物が攻撃してきて王都の防壁が破壊されたようだ。外では人族達が慌てて逃げ回っている。心配だからそちらに向かうぞ】

【えっ？　シルバ達こっちに向かってるの？】

【ああ。ミヅキの気配が近い、ミヅキ壁から離れていろよ！】

壁から離れろって……やばくない！

「ベイカーさん達、シルバが向かってるって、そこから離れて！」

私は慌てて扉の前にいるベイカーさん達に叫んだ！

ベイカーさんとユリウス達、レオンハルト様は慌ててこちらに駆け寄ってきた。

その直後……ドガッーン!!

壁が破壊され、そこからシルバとシンクが現れた。

【シルバ、なんで壁から来るの！　扉から入ってよー】

【知らん、こっちの方が早い】

【あっ！　そうだ、さっきの音ってなんだったの？】

【あれは多分ドラゴン……だと思う】

「ドラゴン！」

私は思わず叫んでしまった。

「ミヅキ、ドラゴンってなんだ？　シルバはなんか知ってるのか？」

ベイカーさんが側に来た。

「ドラゴンが来て王都の壁を壊しちゃったんだって！」

私がそう言うとレオンハルト様やユリウスさん達が目を見開く。

「防壁が壊されただと！」

レオンハルト様が険しい顔で詰め寄ってきた。

「う、うん。シルバが言うにはそうらしい」

私達が騒音の事で話していると、ルイズ侯爵が話に割り込んできた。

「それがお前の従魔か？」

あっ、忘れてた。ローズ嬢は震えてルイズ侯爵にしがみついている。

「先程の話は本当か？　この国の防壁が破壊されたというのは！」

ビストン大臣が私に詰め寄ろうとするとシルバが前に立ち塞がった。

【近寄ってみろ！　噛み殺すぞ！】

「くっ！」

ビストン大臣がシルバの迫力に一歩下がった。

「ミヅキ、お前はその従魔を使って魔物を討伐してくるんだ」

ルイズ侯爵がいきなり私に向かって命令した。はっ？　何言ってるのこの人？

この騒ぎの中一人平然としているルイズ侯爵を私は唖然として見つめる。

【なんでこいつがミヅキに命令してるんだ！】

シルバが怒りをルイズ侯爵に向けた。

「ミヅキ、お前は私に仕えるんだろ？　ならば今からお前を使ってやる。まずはその従魔に言え、私に逆らうなと！」

あまりの理不尽な態度に言葉をなくす。他の人達も自分勝手な態度に呆れてしまっていた。

「ミヅキ！」

「ミヅキさん！」

どうしたものかと固まっていると、今度はギルバート王とロレーヌ宰相がやって来た。

「ああ、やはり先程の音はシルバさんか！」

ロレーヌ宰相が壊れた壁を見て納得する。

「国王!?」

ビストン大臣は突然国王と宰相が現れた事に驚き慌てふためいている。

「ルイズ大臣、ビストン大臣。これはどういう事だ？」

ギルバート王がジロッと二人を睨んだ。

私はいつもニコニコとしているギルバート王の顔しか知らなかった。

こんな怖い顔見た事ない！　ビストン大臣はギルバート王に睨まれて腰を抜かしていた。

「たった今この者を従者に致しました。今王都は魔物に襲われているのでしょう？　ならば直ちにこの者を向かわせましょう！　国王と王子は避難をしてください。指揮はこの者の主人である私がとりますからご安心を」

ルイズ侯爵は自信満々に頷いた。

「ルイズ大臣……何を言っているのだ？　この者を従者にしただと」

ギルバート王が眉を顰める。

「私は、ミヅキには手を出すなと大臣達には通達を出したはずだが？」

ジロッと自分達について来ていた従者を見ると、彼は青い顔をして俯く。

「まさか、伝えてないのか？」

「申し訳ございません。まさかこんななんでもない子供に手を出す者がいるとは思わず、急ぐ事はないと判断して、これから通達を出す予定でした」

従者が震えて頭を下げた。

「はぁ……」

ギルバート王は心底呆れるようにため息をついた。

「一体なんの騒ぎですか？　今は内輪揉めをしている場合ではないはずですが？」

聞き覚えのある声に私は笑みを浮かべて振り返った！

声の主を見て、レオンハルト様も駆け寄った。

「アルフノーヴァ先生！」

ギルバート王がアルフノーヴァさんの姿を見て安堵の表情を浮かべる。

「アルフノーヴァ、いい時に戻ってきてくれた」

「王都を襲ったドラゴンを追って急いで戻ってきました。どうやら正解だったようですね」

アルフノーヴァさんが私達を見回して言う。

「何、ドラゴンだと？」

ギルバート王とロレーヌ宰相が驚く。まだどんな魔物が襲ってきたのかは知らなかったようだ。

「まずはあのドラゴンを退治してから話しましょう。何故ここにミヅキさんがいるのか、その理由も……」

アルフノーヴァさんが私に目を向けてニッコリと笑うと、ルイズ侯爵が割り込んできた。

「この者は私の従者になった」

まだ言うのかこいつは？　私はルイズ侯爵から一歩離れた。

「あなたがミヅキさんを従者に？」

アルフノーヴァさんが驚き思わず聞き返す。そして急に腹を抱えて笑い出した。

「は、ははは！　ありえない、何を考えているんですか？」

アルフノーヴァさんが馬鹿にしたように笑うとルイズ侯爵が睨んだ。

「この者は私に不敬を働いたんだ！　その罪を許す代わりに私に仕える事になったのだ。なぁ？」

そう言ってルイズ侯爵はビストン大臣を見るが目をそらされる。

さすがのビストン大臣もここで嘘をつくのはまずいと思ったようだ。

「ビストン大臣は違うと言う顔をしていますがどうなんですか？　ミヅキさんは本当に了承したのですか？」

アルフノーヴァさんが優しく語りかけてくる。私はぷるぷると勢いよく首を横に振って否定した。

「私はそんなつもりなんてありませんし、仕えるなんて一言も言ってませんよ。この人が勝手に言ってます」

私はルイズ侯爵を指さした。ルイズ侯爵は怖い顔で睨んでくると大声で言った。

「そんなことよりも！　今はこいつの力を有効に使った方がいいだろう。あの防壁を壊す魔物が来たんだ、少しでも戦力になりそうなら使った方がいい！」

うわっ……本性が出てきた。口調も崩れてきたルイズ侯爵を皆が不快感もあらわに見つめる。

「あなたが今蔑ろにしているその方は、今この国を襲っている魔物よりも遥かに強大な力を持っているのですよ。それを分かっていますか？」

アルフノーヴァさんの言葉にルイズ侯爵が笑い出した。

「あははは……何を言ってるんだ。この子供がドラゴンよりも強いって？」

何を馬鹿な事をと笑っているが、誰も笑っていない事に気がついたのかふと真顔になる。

「本当なのか？」

そう言って私を見るが、私がドラゴンよりも強いなんてありえない。

私ではなく、シルバ達が凄いんだ！　私は誇らしげにシルバとシンクを撫でた。

「まさかその従魔が？」

「そちらの従魔さんは、グレートウルフなんかじゃありませんよ」

アルフノーヴァさんの言葉に驚いて、ルイズ侯爵はシルバを凝視する。

「シルバさんはフェンリルです。そして赤い鳥のシンクさんは鳳凰《ほうおう》です。あなたはこの国を滅ぼせる力を持つ方に喧嘩《けんか》を売ったんですよ」

「フ、フェンリルと、鳳凰《ほうおう》？　話では聞いた事がある伝説の聖獣だ、こんなところにいて、しかも幼い子供の従魔になる訳がない！」

事実を知っても絶対に違うと否定するルイズ侯爵。というよりは違うと思いたいのかもしれない。

「この国の大臣ともあろう方が力を見誤るなんて、全く恥ずかしい」

アルフノーヴァさんは信じられないと呆れてため息をついた。

「もしそれが本当なら、尚更この国で囲っておいた方が……」

「まだ言うか！　ミヅキの事をよく知りもしないで勝手にこちらの価値観を押し付けるでない！　ミヅキにはこの子の為にならいくらでも手を貸そうとする仲間達がいる。そ奴らがこの国に敵対でもしてみろ、一日で国が滅ぶぞ！」

ギルバート王の言葉にルイズ侯爵はようやく諦めたのかへたり込む。

自分が相手にしていたのが普通の子供でない事に気がついたようだ。

「も、申し訳ありません……」

そのまま膝をつき私に向かって頭を下げた。

続けてギルバート王とロレーヌ宰相も頭を下げてくる。

「ミヅキ、不快な思いをさせてしまい申し訳なかった」

ひぇ！　国王と宰相に頭を下げられ、恐縮する。

「いえ！　大丈夫ですから頭を上げて下さい」

私は必死に頭を上げるように頼み込む。

「それよりも、ドラゴンをどうにかしないと！　ね！　ね！」

矛先を変えるべく外に注目させる。

それもそうだとギルバート王がアルフノーヴァさんと顔を見合わせた。

「そうだな、この問題はルイズ大臣に後できっちりと責任を取ってもらう。まずは襲撃の方だ、アルフノーヴァ。直ちにドラゴンを撃退しろ！」

「はい」

アルフノーヴァさんは軽く頭を下げると兵士を引き連れて部屋を出ていった。

「ルイズ大臣とビストン大臣はしばらく部屋で待機して貰おう。衛兵、ここを頼む。二人が逃げないように見張っておけ！」

「「はい！」」

二人はよろよろと奥の部屋に連れていかれた。

「ミヅキ達はこちらに……」

ギルバート王に促され皆と共について行くと、外を一望出来るバルコニーに出た。

街の遠くでは黒い煙が上がり、火が見えている所もあった。

「皆、大丈夫かな……」

私は街の皆が心配になって城下を覗き込む。

「平民達の避難を最優先に動いたから大丈夫だとは思うが、このままでは被害が出るかもしれないな」

ギルバート王が渋い顔をして城下を見渡していた。

〈ギャウ！　ギャウ！〉

すると聞いた事がないような鳴き声が聞こえた。そちらの方に目を向けると大きな体のドラゴンが空を飛んでいた。

本当に……ドラゴンだ！

私は言葉をなくしドラゴンを見つめる。

【ミヅキ、大丈夫か？】

シルバが心配そうに擦り寄ってきた。

【シルバ、ドラゴンだよ。ドラゴン！　飛んでるよ！　凄い、初めて見た！】

思わず興奮してしまう。改めて本当に異世界なんだと実感した。

「何やら様子がおかしいな」

ギルバート王がドラゴンの様子がおかしい事に気がつき呟いた。

何が変なのか見つめると、ドラゴンは左右にふらつきながら飛んでいる。

【城壁を壊した以外は攻撃しているわけじゃないみたいだな】

シルバの言葉を皆に伝える。確かに煙が上がっている所は西の壊れた壁の近くだった。

それ以外は特に壊れた箇所もないようだ。

「攻撃もせずに飛んでいるだけなのか？」

様子をうかがっていたら突然ドラゴン目掛けて炎の矢が走った！

「アルフノーヴァ先生だ！」

レオンハルト様が指さし叫ぶ。その先を見ると確かにアルフノーヴァさんが兵士達と共にドラゴンを攻撃していた。炎の矢はドラゴンを直撃する。

〈ギャーギャー！〉

ドラゴンの悲鳴が王都に響いたが、大したダメージは受けていないようだった。

ドラゴンは空を旋回して、アルフノーヴァさんを避けるようにこちらに向かってきた。

「まずい！　こちらに来るぞ！」

「国王、王子！　お下がり下さい！」

衛兵達に連れられてギルバート王達が建物の中に入って行った。

【ミヅキ、こっちに来い！】

「ミヅキ！　下がるんだ！」

シルバとベイカーさんが同時に叫ぶ、私は声に従ってシルバ達の方に走り出した。

【タ、スケテ……】

私は聞こえてきた声に振り返ってドラゴンを見つめる。

【ク、ルシイ……】

【この声……？】

【ミヅキどうした⁉】

「なんか、あのドラゴン苦しんでる。助けてって言ってる気がする」

シルバとベイカーさんを見るが二人には聞こえていないようだった。

「ミヅキ、お前ドラゴンの言葉まで分かるのか？」

ベイカーさんが驚いた顔をする。

「言葉が通じるかはわかんない、でも苦しんでるのを感じる」

【シルバ、ドラゴンの側に行ける？】

【行けるが、攻撃されたらドラゴンを撃ち落とすぞ】

【うっ、うん。分かった……】

頷かないとシルバは連れて行ってくれそうになかった。

「ベイカーさん、ちょっとシルバとドラゴンの所に行ってくる」

「はっ！　何を言ってる。絶対に駄目だ！」

ベイカーさんが止めようとするが、サッとシルバに背中に乗せてもらう。

「大丈夫、シルバが守ってくれるからね！」

シルバを撫でると「グルルゥ」と喉を鳴らした。

「くっ……シルバがいれば大丈夫か。いいかシルバ、危なくなったら躊躇《ちゅうちょ》するなよ。ミヅキの安全が最優先だ」

【分かってる】

シルバか頷いた。

「ミヅキ、行くなって言っても無駄なようだ。だから約束しろ！　危なくなったらすぐに引き返すって！」

「うん！　シルバがいるから大丈夫。いってきます！」

シルバは私の合図で軽々と城の屋根へと飛び移って行った。

◆

【シルバ！　なるべく刺激しないようにドラゴンと並行して走れる？】

【訳ないが、こちらの話が通じるのか？】

【わかんない、さっきの言葉も本当にドラゴンの言葉だったのか……】

でも、きっと助けを求めてた！

私達はドラゴンに追いつくと声をかけた！

「おーい！　ドラゴンさーん。どうしたの、何が苦しいの？」

【ヤ、メロ、コドモ、クルナ！】

ドラゴンが私を見た途端に殺気立つ。

ビリビリと肌に視線が刺さった！

【ミヅキ、ヤバい離れるぞ！　シンク、炎の防壁を！】

【うん！】

シンクが私達の前に飛び出して炎の壁を作る。それと同時にドラゴンが咆哮し、炎を吐き出した！

ジュウワアァァァ！　シンクの炎の壁にドラゴンの炎が消えていく。

【シンク！　大丈夫？】

私はシンクに声をかける。

【この程度の温度なら問題ないよ！】

余裕そうなシンクの声が聞こえた。見れば私達の真上を悠々と飛んでいた。

本当にこの二人で国を落とせるな、国王が言った言葉も嘘じゃなさそうだ。

【こいつ、今ミヅキに敵意むき出しだったぞ！】

怒りからシルバの毛が逆立つ。

【子供が嫌いなのかな？　さっき子供がどうとかって……】

私はシルバを落ち着かせようと話しかける。

【ドラゴンは比較的穏やかな性格の奴が多い、こんなに攻撃的な奴には会ったことはないな】

【なんか、苦しんでるんだよ。どうにかドラゴンに触れないかな？　回復魔法をかければ落ち着くんじゃないかなって思うんだけど！】

【あんな奴にミヅキを近づけさせるのか？】

シルバが心底嫌そうな声を出した。顔が見えないがきっと嫌そうに歪んでいるのだろう。

【ごめんね、シルバ。もう一度近づける？】

そんなシルバを宥めるように優しく撫でる。

【分かった、シンク、いつでも攻撃をかわせるようにしておけ！　俺も結界を張っておく！】

【シルバ、結界なんて張れるの？】

【細かな魔力のコントロールはあまり得意じゃないが、少しの結界なら張れる。多少は障壁になるだろう】

あー、シルバはドカーン！　とかズドーン！　て魔法が得意そうだもんな。

【ミヅキ、近づくぞ！】

シルバの言葉に我に返って集中する。

「ドラゴンさん！　お願い話を聞いて！」

私は力いっぱいドラゴンに向かって叫んだ。

【アノ、コドモノ、ナカ、マ、クルナ!!】

ドラゴンがまた力を溜め始めた。またさっきみたいな咆哮が来そうだった。

【シンク！　今度は風の息吹が来るぞ、炎との相性が悪いから手を出すな！　俺が風で弾くからミヅキの側にいろ！】

【分かった！】

シンクが私の肩に止まる。私はシンクをぎゅっと抱きしめた！

〈ギャアォォー！〉

ドラゴンからの風の息吹は私達の元に一直線に放たれた。

【風の防壁！】

目の前にシルバが作った風の壁が出来る。

【ヤハリ、オマエハ、アイツノナカマ】

「あいつって誰？　仲間なんてそんなの知らないよ！」

皆ずっと一緒にいたし、ドラゴンさんに酷い事をするような人に心当たりなんてない。

【ワタシニ、コレヲ、ウエツケタアイツ……】

ドラゴンが自分の胸の辺りを触る。よく見ると胸の辺りの鱗が剥がれ血が滴り傷の中心部分が黒くなっている。

「酷い傷……」

【オマエニニテル、コドモガ、コレヲイレタ、クルシイ、トレナイ！】

私に似てる子供？　ドラゴンが自分の胸元を爪で抉ると、傷が更に酷くなる。

「もしかして、それ自分で傷つけたの？」

【ウルサイ、コレガトレナイ、イヤダ、イヤダ、ヤメロォ……】

ドラゴンはまたフラフラと方向を失うように飛びだした。

【ミヅキ、あのままだとあのドラゴン、死ぬぞ。アイツ自分の心の臓まで傷つけそうだ】

【そんな……！】

「ドラゴンさん！　私そいつの仲間じゃないよ、その埋められたの取ってみるから、お願い見せて！」

【ウルサ、イ……モウ、ダマサレルモノカ！】

ドラゴンがまた力を溜め始めた。

【あんな体で魔法を何度も放ったら死ぬぞ】

【あのドラゴン、魔力がさっきの半分もないよ】

シルバとシンクが呆れている。

【シルバ！　ドラゴンさんが魔法を放つ前に私をあの胸元に投げて！】

【駄目だ！】

【駄目だよ。なら僕が回復魔法かけるよ！】

　二人に即答される。

【多分、シンクの魔法じゃ駄目だと思う。なんかあそこからオイと同じような気配がする】

【オイってあの地下にいた奴か？】

【うん、オイに使われてた魔石と同じ嫌な魔力を感じるの。あの時、オイは温かい魔法をかけて欲しいって言ってた。きっと私が使える魔法を感じ取ってたんだと思う】

　だから私がやらなきゃ！

【お願い！　シルバ！　シンク！】

　二人に頭を下げた。

【クッソォー！　なんでいつもミヅキなんだ！　なんで他の奴じゃ駄目なんだ！】

【シルバ……】

　シルバの私を心の底から心配する思いに胸が熱くなる。

　だけどあの苦しんでるドラゴンを見殺しに出来ない。

【分かった。だが、俺も行く。俺がアイツを止めてる間に、ミヅキはアイツの胸元に飛べ！　シンクはミヅキを補助してやるんだ！】

【えっ？　シルバ、止めるってどうやるの？】

私の問いには答えずにシルバは足を速めた！

【ヤバい、時間がないから行くぞ！】

シルバがドラゴンに向かって飛び出すと口元目掛けて突っ込んだ！

そしてそのまま自分の体をドラゴンの口に押し付けた。

〈ギャウッ！〉

ドラゴンは口元に来たシルバに噛み付ついた！

ドラゴンはバランスを崩して地面へと落下していく。

【グッ！】

シルバの痛みを我慢する声が漏れた。

【シルバ！】

私はシルバをドラゴンの口から離そうと手を伸ばす。

【ミヅキ！　俺は大丈夫だから早くコイツの傷を治してやれ！】

【ミヅキ！　早く！】

シルバとシンクが私を促した。

【うぅぅ！　シルバ！　ごめん！】

シルバが抵抗しようとするドラゴンの体を押さえつける。その隙に私はシンクと共にドラゴンの胸元へと移動した。そこは硬そうなドラゴンの鱗が無残に剥がれ、肉があらわになっていた。

やっぱり……ドラゴンの傷の中心にオイと同じ黒い禍々《まがまが》しいオーラの魔石が深く深く、食い込んでいる。

「オイが言ってた温かい魔法」

オイは温もりに飢えていた……寂しいって言ってた……そんな孤独な心を解放するように!!

「お願い、ドラゴンさんを助けたい!!」

私はそんな思いを込めて魔石に手を当てた。そしてそこに優しい思いを込める。

〈ギャアアアァァァ……〉

ドラゴンが咆哮したあと、力尽きたのか地面に倒れ込んだ。

ドッシーン！　地面が揺れる。

「ドラゴンさん！　シルバ！」

シルバがドラゴンの間からよろよろと私の声に応えるように這い出てくる。

【シルバ！】

シルバに抱きつくと、その体から生ぬるい物が流れていた。

えっ……手を見ると真っ赤な血がついている。

【シルバ！　シルバ！】

私はパニックになり、ありったけの魔力で回復魔法をかけてしまった。

【ミヅキ！　やめろ、落ち着け！】

シルバの言葉を遠くに感じて私は意識を手放した。

◆

皆の声が上から降ってくる。うぅーん、なんかうるさいなぁ……

目を開けると目の前にシルバとベイカーさんの心配そうな顔があった。

「うわぁ！」

あまりの近さにびっくりしていると頬っぺをつままれる。

「ひたぁい！　ひたぁい！　ヘイハーはん、ひはい！」

「お前は毎回毎回心配させやがって！　最後の回復魔法はなんだ！」

お説教をくらい頬っぺを放される。両手でヒリヒリする頬っぺを触りながら周囲を見ると、いつもより毛が艶々のシルバが心配そうに私を見ていた。

【シルバ、大丈夫？】

私はシルバがドラゴンに噛まれた事を思い出してその部分を触る。しかしそこには傷一つなく、今までに以上のフワサラ毛並みになっていた。

【シルバ！　何これすっごいふわふわ！　すっごいサラサラ！】

思わず顔を埋めるとすうっ！　と吸い込んだ。

うわぁぁぁぁぁぁぁぁ！

「ミヅキ！　ミヅキ！」

【ミヅキ！】

これはヤバい！　もうここから出られる気がしない！

【ミヅキにかけられた回復魔法のおかげだな。今ならこの国を一発で沈められそうだ！】

シルバはやってみようかとウズウズとおしりを揺らしている。

いやいや！　駄目だよ、やらないよ。

【あーここから動きたくないけど……】

私は名残惜しくて顔を顰めながらシルバから離れた。

「ドラゴンさんは？」

キョロキョロと顔をあげた。

【ココダ】

声のした方を見ると皆から離れた場所でドラゴンが大人しく座っていた。

「ドラゴンさん！　あっ胸の傷も治ってるね」

「治ってるって……」

他人事のように言う私にベイカーさんが呆れている。

【ミヅキが俺に回復魔法をかけた時に側にいたコイツにも魔法がかかったんだ。魔石が埋め込まれていたのは心の臓部分だったから、あの回復魔法がなかったら死んでたかもしれないな】

シルバが説明してくれる。

【だが、また気絶するほど回復魔法をかけるなんて……心配したぞ】

シルバとシンクが心配そうに擦り寄る。

【うん……シルバの傷ついてる姿が怖くって思わずかけちゃった、ごめんね】

【いや、まぁ俺も無理をしすぎて悪かったな】

私はとシルバはお互いに謝り合いぎゅうっと抱きしめ合った。

【本当に二人とも心配したよ！】

シンクが怒って私達の上に降り立った。私はシンクにもごめんと謝って抱き寄せた。

「それでドラゴンさんは大丈夫？」

心配に思いドラゴンを見つめる。

【ダイジョウブダ、メイワクヲカケタナ、スマナイ】

ドラゴンは大きな体を小さくしながら謝っている。

「ううん、よかった助けられて」

元気そうなドラゴンを見てニッコリと笑った。

【オマエハ、アノコドモニニテルトオモッタガ、チガウヨウダ】

「あっ！　それずっと言ってたね。あの黒い魔石ってその子供にやられたの？」

【アア、エガオデハナシカケテキテ、ユダンシタ。キュウニ、マホウデカラダノジユウヲウバワレテ、ソノアトニ、ムリヤリマセキヲ、ネジコマレタ】

その事を思い出したのか苦々しげにしている。

【ニテルトオモッタガ、オマエノエガオハ、イヤナカンジガシナイ】

「黒い魔石は？」

私が問題の魔石を捜していると、シルバが咥えて持ってきた。

魔石を見るがもうイヤな気配はしなかった。

「やっぱりオイの魔石と似てる」

オイの形見の魔石を取り出して見比べてみる。

「こんな黒い魔石なんて見た事ないぞ」

ベイカーさんが魔石を見て顔色を変える。

「ミヅキ、ちょっとそれを預かってもいいか？　アルフノーヴァさんに見せよう。何か分かるかもしれん」

ベイカーさんが真剣な様子で聞いてくる。オイの形見だけどベイカーさんならと、私は頷いた。

「じゃあ、ドラゴンさんはもう大丈夫だね。ここの人達に攻撃するなんてしないよね？」

飛び立つ様子のないドラゴンに声をかけた。

【アア……】

なんだか歯切れが悪い、首を傾げて見つめる。

「どうしたの？　何か気がかりでもある？」

【アノコドモヲ、アノママニシテオイテ、イイノカトオモッテ】

ドラゴンと話をしていると、アルフノーヴァさんとコジローさん達が駆けつけてきた。

「ミヅキ！　大丈夫か？」

「皆さんお怪我は!?」

「大丈夫です。ドラゴンさんももう暴れないって言ってます」

だからそんなにドラゴンを警戒しないで欲しい。皆が武器を持ちドラゴンを警戒している。私は敵意のないドラゴンの前に立つと庇《かば》うように手を広げた。

「このドラゴンさん、悪い奴に操られてただけなんです。もう全然怖くないよ」

そう言ってドラゴンに向き合った。

「ドラゴンさん、皆に安全だよって教えたいから抱きついても平気？」

【ワタシニ、ダキツク？】

「うん、それとも抱きつかれるのは嫌かな？」

折角ならそのツルツルボディに触りたい、でも嫌がる事はしたくないし……

どうかな？　とドラゴンの返事を待っている。

【カマワナイ】

「本当！　ありがとう～！」

お礼を言いながらギュッと抱きつきどさくさに紛れて撫で回した。

「お、おい！　ミヅキ！」

ベイカーさんの慌てる声がするがもう抱きついてしまった。

「「お、おお～！」」

周りから歓声が上がる。おお、なんとも言えない触り心地。スベスベで硬い鱗なんだけどほんのり温かさも感じる。もふもふの毛もいいけど、これはこれで病みつきになるなぁ。本来の目的も忘れて触り心地を堪能してしまう。

【ドウシタ？　キョウフデ、カタマッテイルノカ？】

ドラゴンの心配する声が頭に響く。

「あっ、ごめんね。あまりの触り心地の良さに堪能しちゃった。ドラゴンさん、触らせてくれてありがとう。よかったらまた触ってもいい？」

【エッ……】

あれ？　ドラゴンさんからの返事がない。

「ドラゴンさん？」

やはり嫌だったのかと申し訳なくなりドラゴンの顔を見上げた。

【イヤ、ヒトハ、ワタシガコワイノデハナイノカ？】

「えっ？　ドラゴンさんが？」

私はキョトンとしてベイカーさんに聞いてみた。

「人ってドラゴンさんが怖いの？」

ベイカーさんは私の問いに一瞬呆然とするが、すぐに答えてくれた。

「ドラゴンはこちらが手を出さなければ攻撃してくる事は少ない。だが、話が出来るなんて聞いた事がないし、力の差があるから怖くないって言ったら嘘になるな」

皆もベイカーさんの話に頷いている。

【ソノジンゾクノ、イウトオリダ、ワレワレカラテヲダスナド、オロカナコトハシナイガ、ダマッ

テ、ヤラレテイルワケデハナイ】
「そっか……ドラゴンさんは人が嫌い？」

【コンカイノコトデ、モウカカワルモノカト、オモッタガ、オマエミタイナノガ、イルナラ……】

そう言って大きくて綺麗な優しい瞳を向けてくれる。

「私ミヅキって言います。人の中には優しい人もいっぱいいるから、懲りずにまた触らせに来て下さいね！」

【ミヅキ……】

「ドラゴンさんを傷つけた子供は会ったらキツイお仕置きしとくからね！」

【ミヅキ、オマエニワタシタイモノガアル、ウケトッテクレ】

そう言うとドラゴンは大きな顔を近づけてきた。

私は何が貰えるんだろうと見つめていると、周りが騒ぎ出した。

「ミヅキ！　大丈夫なのか？」

コジローさんが慌てて声をかけてくる。

「なんかドラゴンさんが渡したい物があるんだって。だから大丈夫だよ、ドラゴンさんとっても優しいもん」

だから大丈夫だよと皆を安心させる。ドラゴンの大きな瞳からポロッと雫が落ちた。思わず手を出して受け止めると、手の中で消える事なく光っている。

「綺麗……」

ほんのりと温かいドラゴンの雫が手の中でキラキラと輝いている。

【それは私の心の一部だ】

急に声がクリアに聞こえてびっくりする。目の前を見るとドラゴンが微笑んでいた。

【えっ、ドラゴンさんの声がハッキリと聞こえるよ！】

【ああ、ミヅキに私の一部を渡した。それがあればいつでも話が出来る。その雫に話しかければいつでも応えよう】

【いいの？】

なんかとても大事な物のように感じて受け取っていい物なのか悩んでしまった。

【ミヅキに持っていて欲しい。私の力が必要な時はいつでも呼んでくれ】

【必要な時しか呼んじゃだめ？】

そんなの寂しい……悲しくなって上目遣いに見上げるとドラゴンは首を傾げている。

【いつでも呼んでいいが、どんな時に呼ぶつもりだ？】

【えーと……美味しいご飯ができた時とか、皆で集まる時とか、皆で遊ぶ時とか！　あとはえーとえーと……】

【その時に私はなんの役に立つのだ？】

ドラゴンが意味が分からないと更に首を傾げる。

【えっ？　役に立つって……一緒にご飯食べたりしたいだけだけど、そんな理由で呼ぶのはやっぱり迷惑？】

ドラゴンは驚き、目を見開いたがすぐに優しい笑顔を見せてくれる。

【ふふふ、嬉しいよ。ミヅキの好きな時に呼んでくれ】

【やったー！】

これでいつでも触り放題だ！

六　仮契約

「ベイカーさん！　ベイカーさん！　ドラゴンさんが背中に乗せてくれるって、乗ってきていい？」

私は満面の笑みでベイカーさんに擦り寄った。

「久しぶりに甘えてきたと思ったら……そんな事駄目に決まってるだろ！」

ニヤけていた顔が鬼の顔に変わる。

「えーいいでしょ!?　いいでしょ!?」

ベイカーさんの手を引っ張ってお願いと頼み込む。

「ミヅキ、お前ドラゴンも従魔にしたのか？」

ベイカーさんが恐る恐る聞いてくる。

「従魔？　ううん従魔じゃないよ、ただの友達！」

困った時に助けてくれるっていうなら友達だよね！

「そ、そうか！　よかった……ドラゴンまで従魔にしたらもう手に負えなくなるからな！」

「えっ？　何それ、好きな子と仲良くなるのも出来ないの！」

「友達なら……まぁ大丈夫だろ」

むむっと思ったが、それよりも今は空を飛ぶ方が魅力的だった。

「それで!?　従魔じゃないから乗ってきていい？」

「ミヅキだけか？」

「あっ！　聞いてみるね！」

私は慌ててドラゴンの元へと聞きに行った。すると隣で話を聞いていたアルフノーヴァさんが困惑の表情を浮かべてベイカーさんに近づいていく。

「ドラゴンが背に人を乗せるのは、その者に従うか、その者に絶対の信頼がある場合だと思いますよ……」

「はっ？　は、はぁー!!　それってほぼ従魔と一緒じゃねーか！」

「そうなりますね」

アルフノーヴァさんが同情の眼差しをベイカーさんに向けていた。

【ドラゴンさん、背中には皆乗れるの？】

【乗せるのはミヅキだけだ。あとはそちらの従魔達なら問題ない。あなた方は聖獣とお見受けするが？】

【ああ元な、今はミヅキの一番の従魔。フェンリルのシルバだ】

【同じくミヅキの従魔で鳳凰《ほうおう》のシンクだよ】

【私の名は……】

ドラゴンさんが言葉を詰まらせる。

【ああ、いい。お前達は真名は限られた者にしか名乗れないのだろ】

【すまない】

【そういえば、なんでシルバ達は普通におしゃべり出来るの？】

私は急に喋り出したシルバ達に驚き理由を尋ねた。

【ミヅキがドラゴンの雫を貰ったんだろ？　俺達はそのミヅキの従魔だからな、心が繋がっているから言葉も分かる】

ほぉー……なるほど……まぁ仲良しだからって事だな！

【ドラゴンさん、なんて呼べばいいかな？　ずっとドラゴンさんじゃなんか寂しいよね】

【なんとでも呼んでくれ】

【えー！　じゃあやっぱりシルバ達と一緒の色の名前がいいなぁ。ドラゴンさんは綺麗な青いドラゴンだから……ブルーとかじゃ安直だよね。プルシア……なんてどう？】

【プルシア……綺麗な名前だな】

気に入ってくれたかな？　顔を見ればなんだか嬉しそうに見える。

【じゃあプルシア！　改めてよろしくね！】

私が手を差し出すと、その大きな鉤爪でそっと指先に触れてくれた。

「ミヅキー！　ちょっと来い！」

ベイカーさんが慌てた様子で呼んできたので、プルシアに乗りたいのを我慢して近づく。

「なぁに？」

「お前、ドラゴンからなんか貰ったのか？　なんだか急に親しくなっているが」

顔が怖い、目が笑ってなかった。これはなんかやらかした時の顔だな……

私は言葉を選びながら答えた。

「えーと……ドラゴンの雫？　プルシアの心の一部っていうの貰ったけど……駄目だった？　返してきた方がいいの？」

私はベイカーさんを上目遣いで見上げた。

「そんな可愛い顔しても駄目だ！　今すぐ返してきなさい！」

「はーい……」

プルシアの元にとぼとぼ戻る。

【プルシア、ベイカーさんがこれ返して来いって……ごめんね】

申し訳なく思いながらプルシアに雫を返そうとした。

【ёЯйфыщяюэзд6ё……】

【えっ？　何？】

プルシアが聞き取れない言葉で何か言ったと思うと、雫が輝き出してふわぁっと浮かぶ。

そしてそのまま私の方へとゆっくり動き、体の中にスウッと入っていった。

【ありゃ？　消えた！】

自分の体を触るが特段変わった様子もない。

「ミ、ミヅキ！　なんだ今のは大丈夫か⁉」

ベイカーさん達が駆け寄ってきた。

【ミヅキ、あれはもうミヅキの物だ。誰にも取られる事はないし、きっとミヅキの役に立つ】

雫が消えた胸の辺りを押さえるとほのかにプルシアの気配を感じる。

【温かい……ありがとうプルシア。ごめんね返すなんて言って。これなら絶対になくさないね！】

笑顔でプルシアにお礼を言った。

「ベイカーさん、プルシアの雫、体の中に入っちゃった。他の人からは見えないし大丈夫だよね！」

私の言葉にベイカーさんもアルフノーヴァさんもコジローさんまでもアングリと口を開けていた。

「やっぱり無理だったか……」

「ミヅキの側からドラゴンが離れる選択はないみたいですよ」

「ベイカーさん、諦めましょう」

何故か皆が疲れた様子で頷きあっていた。

◆

「じゃあ行ってくるねー！」

私はプルシアの上からベイカーさん達に手を振る。

「すぐに帰って来るんだぞ！　シルバ、シンク！　ミヅキを頼むぞ！」

【当然だ、毎度言われなくても分かってる】

【ねー！】

「大丈夫そうですよ。シルバさんが当然だと……」

コジローさんがシルバの言葉を伝えてくれた。

プルシアは、私とシルバ、シンクを乗せて空中散歩に連れて行ってくれるそうだ。

【まさか空を飛べるなんて！　しかもドラゴンに乗って！　あー、カメラがあればなぁ】

【じゃあ行くぞ】

ワクワクしているとプルシアが大きな翼で羽ばたいた！

ぶわっ！　と空に浮かぶとそのまま上空にぐんぐん上がって行く。

そしてあっという間に王都が下に見えた。

【うわぁぁぁ！　高ーい。もうベイカーさん達が見えないよー！】

私は興奮してシルバに掴まってプルシアの背中の上で立ち上がる。

【ミヅキ、結界は張ってあるが気をつけろ、まぁ落ちても受け止めてやるが】

【あっ、落ちても大丈夫なんだ。凄いね、安全対策バッチリだ】

プルシアの言葉に安心して景色を眺める。

【わぁ綺麗……どこまでも続いてる大地に、それを彩る緑の森。山の色に映える青い空】

凄く綺麗……前世でも見た事のない綺麗な風景に言葉少なく見入ってしまう。

【凄いねシルバ、シンク！】

二人を見ると風景を見ずに私の方を見ていた。

【えっ？　なんで二人共こっちを見てるの？】

【だって、コロコロ変わるミヅキの顔……ププッ、面白い！】

シンクが羽根で自分の顔を隠して震えながら笑っている。

【とっても可愛らしいなぁ、ずっと見てられるぞ】

シルバはシルバでイケメンな顔でこちらを見て微笑んでいる。

【ずっと見てられるのはこの風景だから！　二人共ちゃんと風景を楽しんでよー、ほら見てあの綺麗な緑！　あの湖の青！　黄金色の草！】

綺麗な色がいっぱいで忙しい！　全然分かってないんだからとプンプンと頬を膨らませてしまう。

【悪かった。ほら、ちゃんと見てるから、綺麗だなぁ……えーとあの緑の木か？　いつもの色だな】

【湖っていつもあの色だよね！】

シルバとシンクにはよく分からないようだった。

くっ！　異世界では普通なのか？

【あとは草か？　まぁ確かに黄金色の草は珍しいなぁ】

黄金色の草……あれ!?　もしかして！

【プルシア！　お願い、あの綺麗な色の草が生えてる所に行ってくれる？】

私は慌ててプルシアに声をかけた！

◆

「さてと、ミヅキさんが出かけたのでこちらも色々と後始末をしてしまいましょうか？」

アルフノーヴァさんの言葉に、皆が顔を見合せ動き出す。

「兵士の方々は城下で怪我をされた方の処置を。あとは建物の破損の確認と都民達への避難解除の報告と誘導を行って下さい」

「「はい！」」

兵士達が規則正しく動き出す。

「そうだ、アルフノーヴァさん。これを見てくれ」

俺はミヅキから預かっていた魔石を取り出した。

「あのドラゴンの体内にあった物とミヅキを誘拐した貴族が人体実験に使っていた魔石だ。あんたならなんか分かるか？　俺はこんな色の魔石は見た事がないぞ」

アルフノーヴァさんは黒い魔石を受け取りじっくりと眺める。

「これも一緒に国王に報告しないといけませんね……」

いつもニコニコと笑顔を絶やさないアルフノーヴァさんだが、真剣な表情をしていた。

兵士達が忙しく走り回る中、王宮では国王とアルフノーヴァさん、ロレーヌ宰相と大臣達、各部隊長にビストン大臣、ルイズ大臣が集まっていた。俺とコジローも証人として同席している。

「では、アルフノーヴァ。報告を！」

仕切っている大臣の言葉で始まった。

「はい。ドラゴンの襲撃と思われた今回の件ですが、ドラゴン自身の意思ではなく何者かに操られていたようです」

「あんな巨大なドラゴンを操るなど、誰の仕業だ！」

大臣や兵士達がざわつく。

「それはまだ分かっていませんが、これが体に埋め込まれていたそうです」

そう言ってアルフノーヴァさんが俺が預けた黒い魔石を国王に見せる。

「なんだその魔石は？」

「もう少し調べて見ないとなんとも……」

「アルフノーヴァでも分からないのか？」

国王が驚きの顔を見せる。

「はい、私も初めて見たものではあります」

アルフノーヴァさんが歯切れ悪く答えると、その微妙な反応に国王が気づいた。

「何か心当たりがあるのだな？　ではその件はお前に任せる」

魔石の件はアルフノーヴァさんに任せる事になった。

誰も見た事もない中、アルフノーヴァさんの知識だけが頼りだった。

「ドラゴンは魔石を取り出された事で正気に戻り、今は王都に危害を加えるつもりはないようです」

「何故分かる？」

「ドラゴンと意思の疎通が取れました」

ザワザワ……ざわつきが大きくなる。

「さすがアルフノーヴァ殿だ。知識もさる事ながらドラゴンと話せるとは素晴らしい」

大臣達が敬服しているが、アルフノーヴァさんが苦笑する。

「ドラゴンと話が出来るのは私ではありませんよ」

「で、では誰が？」

「この騒動を鎮めた方が他にいるのです」

「「「おお！」」」

歓喜の声が上がる。

「一体誰があのドラゴンを鎮めたのですか？　しかも意思疎通が出来るなんて素晴らしいです。早速褒美を!!」

「是非とも褒美とそれなりの地位を用意しなければ！」

皆が喜ぶ中、国王と宰相だけが渋い顔をしている。

「もしかして……いや、もしかしなくてもあの者か？」

国王の言葉に周りが静まった。アルフノーヴァさんがゆっくり頷く。

「だよなぁ……」

国王が目を瞑り眉間に手を当てて下を向く、宰相が大きなため息をついた。気持ちは凄く分かる。

「国王と宰相はその方をご存じなのですか？」

国王達の反応に大臣達が気づき声をかけた。

「あなた方ならもう分かるでしょう？」

アルフノーヴァさんがニッコリ笑って、青い顔で俯いているルイズ大臣とビストン大臣の方を見る。

「ルイズ大臣とビストン大臣はどうされたのですか？　何故拘束されているのでしょう？」

他の大臣達も二人に注目している。

「この方達は今回のドラゴンを鎮静したお方に大変な不敬を働いたのですよ」

「あの者がそんな力を持っているなど知らなかった。それよりもドラゴンを御せるほどの力、いや！　この国をも滅ぼせる力など脅威でしかない。直ちにあの者を拘束するなりした方が……」

「馬鹿もん!!」

ルイズ大臣の言葉を遮って、国王が殺気を込めて怒鳴りつけた。さすが元S級冒険者だけあって殺気が半端じゃない。ルイズ大臣は腰を抜かし、他の大臣達も膝をつき震えている。

「まだわからんのか！　あの者達にはこの私も敵わないという事が!!」

「こ、国王でも敵わないと……？　一体その方とは誰なのです……」

国王の強さを知る大臣達が目を見開く。

「最近王都に出来たドラゴン亭を知っているか？」

国王の唐突な質問に、皆怪訝《けげん》な表情を浮かべる。

「何故急にそのようなお話を……」

国王は大臣達の動揺を無視して知っているのかと再度続ける。

「今王都で流行っている店でしょう。貴族の中にも贔屓にしている者がいると聞きます。私もプリンなる物を気に入りよく買っております」

大臣の一人が答え、他の大臣達も同様に頷く。

「では、あの店に勤めている〝ミヅキ〟という子供を知っているか？」

「ああ、妻がとても可愛らしい子だと話しておりました」

「私も会った事があります。ここの兵士達にも人気がある子供でしょう？」

そんな子がどうしたのかと大臣達が更に困惑していると……

「ドラゴンを鎮めたのはその〝ミヅキ〟だ」

「「「「はっ？」」」」

大臣達が揃いも揃って変な声を出す。とうとう国王がおかしくなってしまったのかと愕然としている者もいた。その視線に気が付き国王は落ち着いてゆっくりと話す。

「別に乱心などしていないぞ。本当にあの子供がこの国を滅ぼすほどの力を持つ者だ。まぁ正しくはその周りにいる従魔や従者達がたちが悪いんだが……あー、あと多分レオンハルトの従者の獣人達もあちら側に付く。兵士達も何人かは魅了されているんじゃないのか？」

部隊長達に目を向けると頷いた。ルイズ大臣を見れば青い顔を通り超し蒼白になっていた。

「そ、そんな者をど、どうすれば？」

「何故そのようなお方に手を出したのですか？」

大臣達がルイズ大臣を責め立て始めた。

「し、知らなかった！　そんな奴だとわからなかった。ビストン大臣が凄い子供がいると……そうだ！　ビストン大臣が仕えさせてはどうかと言うから私は仕方なく……」

突然のルイズ大臣の裏切りにビストン大臣が口をパクパクと動かし唖然とする。

「そうだ、私は関係ない！　全部コイツのせいだ！」

「責任転嫁も甚だしいなぁ」

ルイズ大臣の悪あがきに国王が呆れている。

「レオンハルトから、お前の娘もミヅキに難癖を付けたと聞いているが？」

「そ、それはローズが……勝手に……」

「自分の子供にまで罪を被せるつもりか？　ここまで来ると呆れを通り越すな。親なら子を庇え!!

そして見本となれ!!」

「そのようなお方だとは知らずに申し訳ございませんでした」

ビストン大臣が国王の怒りに床に頭をつけて謝罪する。

「それを私達に言ってもしょうがないでしょう？」

今更な態度にさすがのアルフノーヴァさんも呆れている。

「お前達の処分はミヅキが帰ってきてからだな。ミヅキに詳しく話を聞いて、それから処分を言い渡す！　それまで牢に入って自分のしでかしてしまった事をよく考えよ！」

ルイズ大臣もビストン大臣も項垂《うなだ》れるように頭を下げて、兵士達に連れて行かれた。

「しかし、そのミヅキ様がお怒りなら我々は一体どうすれば……」

「怒らせれば国が滅ぶのですよね……」

「好きな領地と身分を与えてみるのはどうでしょうか？　この国に住んでくれれば私達も心強い！」

大臣達がこれからどうしようかと厳しい顔をしている。

大臣達の会話を聞いて、国王が大きく首を振る。

「ミヅキに決してそのような打診をしないように。彼女は我々とは全く違う価値観の持ち主だ。前にうちの馬鹿息子が同じ事をしたが、手酷く断られている」

「ミヅキさんは堅苦しいのは苦手なようですよ。どちらかというとほっといて、自由にさせてあげる事が一番喜びそうですね」

アルフノーヴァさんの言葉に国王が大きく頷く。

「ミヅキは注目される事も嫌う。だから今まで公にしないように隠してきたのだが、仇となってしまった。一応通達は出たはずだがな……」

そう言って衛兵に捕まっている自らの従者を睨む。

「お前がミヅキの態度を気に入らないのは知っていたが……従者としての立場を間違えたな」

従者は何も言わずに王の言葉を待つ……

「お前もあいつらの隣の牢に入っていろ！　処分はあいつらと一緒に言い渡す」

何も言わずに大人しく連れて行かれる従者を国王は複雑そうな顔で見送った。

「今回の事でミヅキの存在をお前達には話したが……口外などしないように！　ここだけでどうにか収め、これからも刺激しないようにしなければ……」

国王達が頭を悩ませるなか、ミヅキはプルシアやシルバ、シンクと念願の食材を見つけ、ウハウハで帰路についていた。

◆

「ふんふんふ～ん♪」

【ふ～ん♪】

【ミヅキ、なんだか上機嫌だな】

シンクと一緒に鼻歌を歌いながら、プルシアの背の上で風を楽しんでいると、シルバが笑いながら声をかけてきた。

【だって、だって！　もうずぅーっと欲しかった物が手に入ったんだよ！　本当にすっごく嬉しいの！】

【ミヅキが怖い顔で沢山刈り取っていたあの草か？】

怖い顔って……そんな凄い顔してたかな？　ぺたぺたと自分の顔を触ってみる。

【だって、これがあればアレもコレも作れるし、きっとこれでデボットさんやイチカ達も困る事なく暮らして行けるはず】

皆の驚く顔が目に浮かぶ！

【プルシアも完成したら食べに来てね！】

そう言って、ここまで連れてきてくれたプルシアの背中を優しく撫でる。

【楽しみにしている】

心なしか声が嬉しそうだ。

【そういえばプルシアは食べられない物とかあるの？】

【いや、特に気にした事はないな。気がつけば適当に食べている、逆に何ヶ月も食べなくても平気だ】

【えー！　そんなに大きな体なのに！】

食べなくっても平気だなんて凄い……でも美味しいご飯を皆で食べるって楽しいし嬉しい。

それをしないのはなんか寂しく感じた。

【ミヅキの作った飯を食べてみろ、美味いぞ！　一度食べたら病みつきになる。特にあの唐揚げとコロッケは最高だ】

シルバはやっぱりガッツリ系がお気に入りのようだ。

【僕はパンケーキが好きだなぁ～。あとはあの甘いピザも美味しかった！】

うんうん！　シンクはやっぱり甘いデザート系だね。

【プルシアにも食べて欲しいけど……こんなに大きいと王都にもなかなか入れないね】

残念な気持ちでプルシアをさする。

プルシアと食べるなら人気のない所に移動して呼んであげないと……そんな事を考えていた。

【じゃあ小さくなればいいのか？】

当たり前のような口調でプルシアが答えた。

【プルシア、小さくなれるの？】

言葉の意味を少し考えてから、質問で返してしまった。

【ああ、出来るぞ】

【えー！　凄い、どのくらい小さくなるの？】

【じゃあ見せよう。一度地面に降りるぞ】

そう言って下降し始めて、地面に降り立つ。

プルシアは皆が降りたのを確認すると私達に向き合った。

【ドラゴンは形態が三つある、まずはこの形だ】

いつものプルシアだ。うん、かっこいい。

【次は飛行に特化した形】

プルシアが魔力を込めて体全体に巡らせる、すると手足が小さくなり、体も蛇のように細くなっていく。

【かっこいい、龍みたい！】

それは私が前世で見た某アニメの龍の形に酷似していた。

手に宝玉、持たせたい。そのまま空に上がりグルッと大きく一周すると先程とは速さがまるで違った。

【わぁー！　速くなった！】

あの形の時にも乗ってみたいなぁと見つめていると、私の考えを読んだのかシルバが教えてくれる。

【今の速さは、大分手を抜いているみたいだぞ】

【えっ、あれより速く飛べるの!?　シルバより速い？】

【プルシアの方が速いかもしれんな】

【凄っ！】

【次が縮小した形……】

プルシアが降りてきながらまた魔力を込める。

形が変わりながら体がどんどん小さくなっていく。

一体どういう原理？

訳が分からずにポカーンと眺めているとちょこんと小さくなったプルシアが目の前に立った。形は最初の形態に似てるが、大きさは私の背丈よりも少し小さいくらい。丁度シルバとシンクの間ぐらいの大きさだった。

【プ、プルシア、可愛いー！】

あまりの可愛さにプルシアにガバッと抱きつく。

【ドラゴンのぬいぐるみみたい！　これならずっと側にいられるんじゃない？】

私は抱きつき、頬ずりしながらプルシアに聞いた。

【魔力で姿を変えているからずっとは持たないんだ。それに私には護らなければいけない場所があってな】

少し寂しそうに言う。

【そっか】

なんだかプルシアの寂しい気持ちが移り沈んでしまった。

【だが呼べばいつでも行くぞ。別にその場所にずっといなければいけない訳じゃないからな】

【うん！】

嬉しい約束に私達はもう一度抱き合った。

形態変化には魔力を使うようなので最初の形態に戻りまた王都へとゆっくりと飛び始めた。

【王都の外に一旦降りた方がいいかな？　また王都に行って皆を驚かせちゃっても悪いもんね！】

王都の手前で一度降りてから王都に入る事にした。門に近づくとまたあの行列が目の前に出来ている。

【あー、そうか並ばないといけないんだった。あれ？　出る時はそのまま出ちゃったけど大丈夫だったのかな？】

今更通行証を持ってない事を思い出した。

プルシアとシルバ、シンクと子供一人、王都に入れる気がしない。

どうしようかと立ち尽くしていると、王都の方からこちらに向かってくる人影が見えた。

【誰か来るぞ】

シルバが私の前に庇《かば》うように立つ。シルバの陰から様子をうかがっていると近づいて来たのは鎧を纏っている兵士達だった。

「ミヅキ様ですか？」

様〜⁉　年上の兵士さんからの急な様付けに戸惑い返事を出来ないで口をパクパクさせる。

「そちらのフェンリルと鳳凰《ほうおう》とドラゴンを従えている方がミヅキ様だと伺いましたが……違いましたか？」

兵士さんの丁寧な対応に更に口をあんぐりと開けて呆けていた。

【ミヅキ、いいのか？　敵意がないから大人しくしているが、ミヅキが嫌なら蹴散らすぞ】

シルバが兵士さんの方に行こうとするのを慌てて止める。

【だ、大丈夫！　ちょっとびっくりして思考が停止してただけだから！】

「えーと、確かに私はミヅキですけど、誰かと間違えてませんか？　私、様付けで呼ばれるような者じゃありませんから」

人違いなら悪いと思い恐る恐る聞く。すると話しかけてきた兵士達の後ろの方に知った顔が見えた。ドラゴン亭で何度か見た顔だった。確か……

「クリスさん！　クリスさんだよね！」

私が手を振ると、クリスさんが顔を綻ばせ手を振り返そうとした。しかし、先程声をかけてきた先頭の兵士さんの顔を見るなりハッと我に返り、ビシッと姿勢を正した。

えっ？　なんだ今の？　思わず先頭の兵士さんの顔を見ると、バチッと目が合う。

「申し遅れました私、第一部隊の隊長のカイトと申します」

そう言って膝をつき手を胸に当て頭を下げる。

すると後ろに並んでいた兵士達が同時に膝をついた。

ヒィ〜！

「や、やめてください！　隊長さんみたいに偉い人がこんな子供に頭を下げないでー！」

どうしていいか分からずに、思わずクリスさんに駆け寄る。

「クリスさん！　どうにかしてよー！」

縋りついてお願いする。

「ミヅキちゃん、いや、そ、そんな困ります。ヤバッ！　ほら隊長達がこっち見てる！」

クリスさんと一緒に慌てているとカイト隊長ともう一人がこちらに歩いてきた。

クリスさんが私から離れようとするのを両手で掴み引っ張る。

「ちょっと！　クリスさんどこ行くの、逃げないでよ！　一緒にいて！」

私は絶対放すもんかとしがみついた！

「クリス、お前、ミヅキ様とは知り合いなのか？」

カイト隊長がクリスさんに聞いた。クリスさんは私にしがみつかれたまま、姿勢を正す。

「はっ！　ミヅキ様とはドラゴン亭にて顔を合わせておりました」

「ぶはっ！」

私は思わず噴き出した。カイト隊長達が驚いた顔で見ているがおかしくて止められない。

「あははは！　クリスさん何その喋り方〜ミヅキ様だって！」

耐えきれずに手を放すとお腹を抱えて笑った。

「ミヅキちゃん！　笑いすぎだよ！」

いつもの調子でクリスさんが喋り出す。

「ふふふ、やっぱりそうでなくちゃ、様なんてやめてよ、なんか他人行儀で寂しいよ」

涙を拭って笑うのを止めるとクリスさんも肩の力が抜けたのか苦笑していた。

「カイト隊長さん達もやめてくださいね。呼び捨てでいいんですよ。ミヅキって！」

「し、しかし、国王の命でミヅキ……さんを丁重に迎えろと言われております」

「えっ？　ギルバート国王がそう言ったんですか？　おかしいなぁ、私がこういうの嫌いなの知ってるくせに、それって本当に国王が言いました？」

カイト隊長の顔を下から覗き込んだ。

「確かに国王とアルフノーヴァ様はミヅキさんは堅苦しいのがお嫌いだと仰っておりました」

「でしょ！」

うんうんと勢いよく頷く。

「しかし、私に命令した大臣は、丁重にお迎えしろと……」

「あーその大臣さんが間違ってますね！　大丈夫です、私がいいって言ったっていえばカイト隊長も怒られないよね？　もし怒られちゃったら一緒に謝りましょ！　ね！」

そう言って大丈夫だと笑いかけた。

「カイト隊長、ミヅキちゃんはこういう方ですよ。諦めた方がいいと思いますよ」

クリスさんは早々に諦めてくれたようだ。

「では……ミヅキ、さん」

「惜しい！　〝ちゃん〟もしくは呼び捨てで！」

「それは……勘弁してください」

カイト隊長が眉間に皺を寄せて謝った。

「まぁいっか、カイト隊長！　他の人達にも言っといて下さいね」

そう言うってにんまりと笑った。

「あははは！　面白い子だなぁ、カイト隊長！」

隊長の後ろに控えていた兵士さんが突然笑いだした。

カイト隊長に隠れて顔がよく見えないのでヒョイッと覗き込むとお互い目が合った。

「俺は第一部隊副隊長のエドワードだ、エドでいいぞ」

「エドさん、よろしくお願いします。ミヅキです！」

「おう！　ミヅキだなよろしく」

そう言って頭をポンポンと撫でてくれる。

「おい！　エド！」

するとカイト隊長が馴れ馴れしいと怒って止めようとするが私の満足そうな顔を見て諦めたようだ。

「ミヅキさんは本当に変わった方ですね、国王達が言っておられた意味が少し分かりました」

ん？　あの人達、なんて言ってたんだ？　あとで詳しく聞こう！

「ではとりあえず王宮に向かいましょう。皆がミヅキさんが戻るのを待っていますよ」

カイト隊長に促される。

「プルシアも王都に入って平気ですか？」

そう言って大人しく待っていたプルシア達を見つめる。

「プルシア、とはそちらのドラゴンの名でしょうか？」

少し離れた所にいるドラゴンをチラッと見る。

「はい、プルシアはもう暴れたりしませんよ！　約束しましたから」

お願いと縋るような目で見つめると、笑顔で頷かれた。

「はい、お連れするように言われております。そのまま飛んで王宮の広場に行ってもらっても大丈夫でしょうか？」

「聞いてみるね！」

そう言ってプルシアの方にかけて行った！

【プルシア～！　王都に入って大丈夫だって、プルシアは大きいから空から王宮の広場に行っていらしいよ！】

行く？　と笑顔で期待を込めて聞くと、苦笑しながら頷いた。

【ああ、じゃあ行こうかな】

【やったー！　じゃあ私達はプルシアと行けばいいのかな？】

私はまたカイト隊長の方へと走っていった。

◆

【シルバ殿、ミヅキは面白いなぁ】

プルシアは慈愛の微笑みでミヅキを見つめている。

【あの子といると自分が普通の者のような感覚になってしまう】

【ああ、その気持ちは分かる】

シンクも同意するように首を縦に振る。

【ミヅキはどんな人に対しても平等だ。ミヅキには上も下もない。だから多くの者を惹き付ける】

プルシアが頷いた、彼自身が一番よく分かっているのだろう。

【今まで生きて来たドラゴン生で確かに気に入った人族達もいた。だが、ドラゴンという立場から敬われ祀られる事も多く、人族からは一線を引いていた。いや引かれていたと言うべきか】

ミヅキはそんな線を軽く飛び越えて来る。まるでそんなものは存在しないかのように……

【ミヅキにハマるのはこれからだぞ……】

俺は先輩風をふかして意味ありげな顔で笑う。

【そのうち、本当の従魔になりたくなるぞ、その時はどうする？】

【シルバ殿に言われるまでもない、今の責がなければすぐにでも……そういえばシルバ殿はいいのか？】

プルシアが聞いてきた。

【ああ、俺はずっと前に放棄した。というより降ろされた。俺は彼処《あそこ》を護りながらずっと違和感を抱いていたんだ。埋まらない心の欠片をずっと探していた】

【見つかったんだな】

【ああ……】

楽しそうに笑うミヅキを見つめる。

【羨ましい】

【プルシアももう感じているんだろ？】

プルシアの顔を見れば分かる、あの時の俺のようだった。

【そうかもしれない、だがまだ駄目だ……私は私の責務を終えてからだ】

【真面目だなぁ、さっさと放棄しちまえばいいものを……】

【シルバ殿のようにスパッと割り切れるといいがな、まぁさっさと済ませて来るまでだ】

【という事はもう答えは出ているんだな】

【そうだな……】

責務を終えると言った時点でプルシアはミヅキの側にいる事を選んでいた。

俺とプルシアは思わず笑い出す。俺達の会話をシンクは一人首を傾げながら聞いていた。

七　聖獣

【プルシアは先に行ってて大丈夫だって！　私は一応、兵士さん達と門から入る事になった】

大丈夫かなとプルシアを見上げると、優しい笑顔で大丈夫だと微笑んだ。

【では、先に行って待っている】

そう言って顔に鼻先を少し近づけて、飛び立ってしまった。

なんかキスされたみたい……触れた部分を軽く押さえる。

【飛ぶとあっという間だね……じゃあ私達も行こうか？】

シルバとシンクに声をかけた。

【俺は少し離れてついて行く】

シルバの言った言葉を考える……今離れるって言った？

【なんで!?】

私が驚いて聞き返した。

【俺が近づくと馬が萎縮してしまうからな、仕方ない。ちゃんとすぐに駆けつけられる所にいるから大丈夫だ】

【僕はミヅキと行くよ！】

シンクが私の肩に止まった。

【じゃあ、シルバ後でね……】

そう言ってシルバをギュッと抱きしめた……離れがたい。テンションの下がった私は渋々シルバから離れると、シンクを撫でながらとぼとぼと歩いていった。

そんな私の様子にカイト隊長が心配そうに駆け寄ってきた。

「ミヅキさん！　どうされました？」

「シルバが……お馬さん達が怖がるから少し離れて後ろからついて来るそうです」

「ああ、頼りになる従魔が側にいない事に不安を感じているのですね。大丈夫、安心して下さい、ちゃんと我々が守りますから！」

カイト隊長の言葉に違うと首を振る。

「守る？　何から？」

また何かに狙われてるの？　だから兵隊さん達が来たの？

私が更に不安がる様子にカイト隊長がおかしいなと首を傾げた。

「従魔が側にいない事に不安を感じているのでは？」

「ううん、不安はないよ。ただシルバが側にいない事が寂しいだけ……でも、近くにいるし王宮に行けばすぐにでも抱きつけるもんね」

そう言って笑ったが上手く笑えていただろうか……するとカイト隊長がそっと手を伸ばして私の頭を撫でた。思わず……と言った感じで慌てて気がつきその手を離した。

「あっ！　すみません！」

カイト隊長は手を引っ込めると頭を下げて駆け出して行ってしまった。私はカイト隊長の行動に寂しい気持ちも忘れてポカンと立ち尽くす。

カイト隊長と入れ違うようにエドさんが歩いてきた。

「ミヅキ、俺が馬に一緒に乗るが問題ないか？」

「えっ？　あっうん。大丈夫です」

「嫌ならクリスに頼もうか？　ちょっと頼りないがミヅキも知った顔の方がいいかな？」

エドさんが気を使ってクリスを呼びに行こうとするのを慌てて足にしがみついて止める。

「エドさん！　大丈夫、エドさんにお願いしたい！」

私の言葉に振り返り顔をじっと見られる。私の言葉を疑うような顔にニコッと笑いかけた。

「嫌なら言えよ」

そう言って手を差し出す。

ん？　なんだ？　私はなんの手か分からずに首を傾げる。

「馬まで連れてくから手を……」

なるほど、手を引いてくれるって事か⁉　なんか言葉は雑だけど優しいなぁ……

エドさんの手を取ると馬まで誘導される。歩く速度も私に合わせてくれているようだった。

そのままエドさんの馬の前まで行く。

おお！　お馬さん大きい！　そして可愛い！

「俺の馬のブライだ」

エドさんがブライの首を撫でると気持ちよさそうに鳴いた。

「ブライよろしく〜」

私が声をかけるとブライが顔を近づけてきた。

思わず手を伸ばして撫でると嬉しそうに尻尾が揺れる。

「やっぱりフェンリルを従魔にしてる子はすげぇな、この暴れ馬を初見で手懐けるか」

暴れ馬？　この大人しい子が？　私は信じられずに怪訝《けげん》な顔を向けた。

「俺がこいつを手懐けるのにどんだけ苦労した事か……」

そう言ってブライの背を撫でると今度はパシッと尻尾で叩かれる。

「いてっ！　なんだよ、本当の事だろ！」

「ふふ、仲良しだねー」

二人のやり取りを楽しく見ていると、エドさんは気恥しそうに頭をかいた。

「さぁ乗れ、この様子ならブライも乗せるのを嫌がらないだろう」

私を抱き上げるとブライの背に乗せる。視界が高くなり思わずブライの鬣《たてがみ》を掴んでしまった。

「ブルルルッ！」

ブライが鳴いてしまった！

「あっ！　ごめんね痛かった？」

掴んだ鬣《たてがみ》を離して撫でると気持ちよさそうに「ブルルルゥ」と鳴いている。私がブライの顔を見ると大丈夫と優しそうな瞳をしていた。しかも首をクイクイと動かし掴めと言っているようだった。

「掴んでいいの？　こう？」

先程と同じ場所をそっと掴むとブルンッと満足そうに鳴く。

「よっ！」

エドさんも後ろに乗っかると私をしっかりと掴み自分に引き寄せた。

他の兵士達も馬に乗り出すと、カイト隊長の号令で整列して駆け出した。

【シルバ、行くみたいだよ！　ちゃんとついて来てね！】

チラッと後ろを見るとシルバが尻尾を振りながらのんびりとついて来ていた。

【ああ、分かってるからちゃんと前を見てろ。落ちそうで怖い】

【はーい】

私はシルバの声に安心して前を見て落ち着いた。

「さっきはなんで変な顔をしてたんだ？」

エドさんに聞かれなんの事かと考える。

「俺が話しかけた時だよ。変な顔をしてるから、俺じゃ嫌なのかと思ったよ」

ああ、その事か！

「なんか、カイト隊長が優しい顔で頭を撫でてくれたと思ったら、急に謝って駆けて行っちゃったんだー、あれなんだったんだろ？」

今考えてもよくわからん。

うーんと悩んでいるとエドさんが私の話を聞いて楽しそうに笑い出した。

「あははは！　そうか頭を撫でられたのか!?」

「えっ？　うん、でもその後謝ってたよ。あれはなんで？」

チラッと振り返りエドさんの顔を見上げた。

「多分……〝ミヅキ様の頭を撫でてしまった！〟って恐縮したんじゃないのか？」

「えぇー何それ！　カイト隊長って……真面目さんって感じだね」

私は思った事を口にしてしまった。

「ぶはっ！　よく分かるな！　そうなんだよ、あいつ真面目すぎでさーもう少し柔軟になれば、部下達も話しかけやすいだろうによー」

「えー？　でも真面目っていい事だよ。それはきっと部下の人達も分かってると思うけどなぁ、だから皆カイト隊長の後をしっかりとついて行ってるんでしょ？」

私は綺麗に並んだカイト隊長とその後ろの部下達を見る。

「まぁそうだが、真面目すぎで他の奴らから良いように使われがちでな……」

なんか悔しそうにしている。

「ふーん、どんな風に？」

「うーん例えば……第一部隊から第五部隊で交代制で王都の警備、城の警備を行っているんだ。あとはその都度に任務を言い渡される」

ふんふん。なるほど。

「カイト隊長が時間に厳しいからうちの隊は○分前行動が当たり前なんだ。それをほかの隊も知ってるもんだから俺達が来るとさっさと交代するくせにこっちが交代を待っている時は平気で遅れてきやがる。まぁそのくらいはいいが面倒な仕事はすぐに第一部隊に回ってくるんだ……カイト隊長はどんな任務も断らないからな」

うんうんと話を聞いていた周りの兵士達も頷いている。

「なるほどね……カイト隊長は皆を信頼してるんだね」

「「「えっ！」」」

私の言葉に聞き耳を立てていた兵士達も反応する。

「カイト隊長って真面目なんでしょ？　だったら自分達で出来ない仕事なんて絶対に受けないと思うよ。それを受けてくるって事は皆ならこなせるって信頼してるんじゃないの？」

「……」

エドさんは驚いた顔をしたまま何も言い返してこなかった。

「エドさんも何だかんだ言ってカイト隊長の事を尊敬してるくせにー」

ケラケラと笑っていると、馬が突然止まった。

あれ？　と思いエドさんを見ると真剣な顔で私を見つめていた。

「お前、何者だ？」

「酷い！　多分六歳児の女の子に向かって何者だなんて！」

プンプンと怒る！

「六歳!!　嘘つくな！」

「嘘じゃないよ！　それに多分って言ったでしょ！」

「多分ってのはなんだ？」

これ言ってもいいのかな……少し躊躇《ちゅうちょ》するが大丈夫だろうと話し出す。

「私、記憶がなくて気がついたら森にいたの。年齢はベイカーさんが多分そのくらいだろうって登録してくれたんだ」

「そ、そうか……」

エドさんが申し訳なさそうな顔をする。

「大丈夫だよ」

「何が大丈夫なんだ……」

「なんか気にしてるみたいだけど、私ベイカーさんに拾ってもらってシルバやシンクと出会って、沢山の親切な人達にお世話になっててすごく幸せだから」

「そうか……」

エドさんが笑って頭を撫でてくれた。

「だから私は六歳なの！」

「いや、それだけは違うと言いたい！　あんな事を言える子供がいるもんか⁉」

絶対に違うと怒られる。

そりゃーもうちょい上のつもりだけど、体が子供だと思考も子供に引っ張られるんだよね。

だからこの世界では誰がなんと言おうと私は六歳児だ！

ギャーギャーとエドさんと言い争っていると、騒ぎを見つけたカイト隊長が側に来た。

「エドワード、何をしている！　ミヅキさんに意見を言うなど失礼だぞ！」

カイト隊長は言い争いの理由を聞く事なくエドさんをたしなめた。

「いや！　だってミヅキが六歳児だなんてありえない事を言うから……」

「嘘じゃないもーん！　本当に六歳だもん。ギルドカードにもそう登録してあるんだから！」

そう言ってギルドカードを見せた。

「くっ！　こんな六歳児がいるもんか……！」

エドさんが悔しそうにしているのを勝ち誇ったように笑う。

「エドワード！　いい加減にして、ミヅキさんに謝罪しろ！」

カイト隊長が凄い剣幕で怒り出した。その様子に私の方が恐縮する。

「えっと、カイト隊長？　エドさんとはふざけ合ってただけだからそんなに怒んなくていいよ。謝罪とかもいらないし、ねーエドさん！」

話を合わせろとエドさんを見るとウインクする。

「あっ、ああ、ちょっとミヅキとふざけ合ってただけだよ。なぁミヅキ！」

そう言って私の頭に手を置いた。

「ミヅキさんの頭を撫でるなんて不敬だぞ！」

カイト隊長が更に怒り出す、今にも剣でも抜きそうだった。

「えっ？　さっきカイト隊長も撫でたよね？」

私は思わずポロッと先程の事を言ってしまった。

「えっ？　あっ、あの……先程は申し訳なかった」

カイト隊長が思い出したのか、また頭を下げて謝罪する。

「カイト隊長、頭を撫でただけでなんで謝罪なんてするの？　そんなにいけない事とは思えないけど」

「いや！　王宮に丁重にお迎えしようとしている方を触るなど……しかも頭を撫でるなんて失礼にも程がある」

ありゃ！　これは確かにクソが付くほど真面目すぎる！

思わずエドさんの顔を見ると、ほら見ろと笑われた。くぅー！　なんか悔しい！

「カイト隊長！　今度はカイト隊長の馬に乗りたいな！」

私の言葉を聞いて周りがザワつくが気にしない！

「お、おいミヅキ？」

エドさんも予期せぬ私の反応に困惑していた。そんな中、カイト隊長だけが真面目に受け取る。

「ミヅキさんがそう仰るなら……」

ブライの背から私を降ろすと自分の馬に乗せた、そして自分も乗ると部下達に声をかける！

「隊を整えろ！　行くぞ！」

反射的にビシッと整列した。おお！　爽快！

「カイト隊長のお馬さんはなんて名前なんですか？」

「私の愛馬はメリルと言います」

「へーメリルよろしくねー、メリルは女の子なんだね！」

「ミヅキさん、よくメリルが雌と分かりましたね」

「えっ？　だって可愛い顔してるから女の子かなぁ～って」

「そ、そうですか？」

カイト隊長が曖昧《あいまい》な返事をすると「ブルルルゥ！」とメリルが不機嫌そうに鳴いた。

「すまないメリル」

カイト隊長がご機嫌を取るようにメリルを優しく撫でる。

「ふふふ酷いね、メリルは後でお詫びに美味しいおやつをもらいなね！」

私も一緒に撫でると納得したように大人しくなった。

「カイト隊長、後でメリルに美味しいおやつをあげて下さいね」

「分かりました」

真面目に頷く様子についおかしくなる。

「あはは！　カイト隊長、本当にエドさんが言ってた通りだね！」

笑っていると、カイト隊長が怪訝《けげん》な顔をした。

「エドワードが何か言っておりましたか？」

「カイト隊長が真面目すぎて心配だって、エドさんは尊敬してるのに周りにカイト隊長の良さが伝わらない事が歯がゆいみたいだよ！」

「ミヅキ！　俺はそんな事言ってないぞ！」

会話を聞いていたエドさんが口を挟んできた。

「うるさいのがいますね。少し離れます」

そう言うとメリルが駆け出し部隊から少し離れてから歩き出した。

「エドさん、恥ずかしがってるね！」

後ろを振り返りうししっと笑っていると、カイト隊長が急に真剣な顔になり頭を下げた。

「部下が大変な不敬をして申し訳ありません。部下達の態度は監督する私の責任です。罰は私が受けますので、何卒部下達の事は処分しないで下さい」

「どんな罰でも受けるの？」

「はい」

「なんでもする？」

「誓います」

「じゃあこれから私の事は呼び捨てにして下さいね！　あと敬語もやだなぁ～エドさん達と同じように扱って欲しいです。もし破ったら、そうだなぁ……その都度、頭を撫でてもらうかな」

「えっ？」

驚き目を見開くカイト隊長に、してやったりと笑った。

「そ、それはどういう事でしょうか？」

カイト隊長が戸惑って私に聞き返す。

「ブッブー！　はい、敬語使いました！　はい、撫でて下さい！」

私が頭を差し出すと「えっ！　えっ！」と戸惑っている。

「カイト隊長、きちんと約束は守らないと部下に示しがつきませんよ。なんでもするって言ったじゃないですか！」

私は怒ってる振りをする。

「しかし、それでは罰にはならないんじゃ……」

「いえ！　現にカイト隊長は戸惑って困ってますよね。それは十分罰になってます！　さぁ！　撫でて！」

グイグイと頭を近づけると、おずおずといった感じでぎこちなく頭を撫でた。

「ふふふ、これからさっきの約束守って下さいね、破ったら頭なでなでの罰ですよ」

おかしそうに笑って言う。

「はい……」

カイト隊長が項垂《うなだ》れるように返事を返した。

「はい？」

はいって敬語かなと考えているとカイト隊長が慌てて言い直した。

「わ、分かった。ミヅキ分かったから！」

よしよし、満足そうに頷く。

「早く慣れるといいですねー」

のんびりと声をかけると、ぎこちない返事が返ってくる。

「ああ、そうだ、な……」

その事がおかしくってゲラゲラ笑ってしまった。

「ふふふ……ははは、あはは！」

カイト隊長もつられて笑い出した。

「ミヅキ、敬語は勘弁してもらえないでしょうか？　私は基本この喋り方なんです」

そう言って微笑むと私の頭を優しく撫でる。

「しょうがないですね。まぁ許してあげます。その代わり……」

ごにょごにょとカイト隊長に耳打ちをする。

「エドワードの弱み？」

「しっ！」

チラッとエドさんを見ると、こちらを意識しながら馬に乗っている。

私が視線を向けた事に怪訝《けげん》な顔をしていたが、どうやら聞こえてはいないようだった。

「エドさんとはこれからも対決しそうな予感がするので、なんか弱みを握っておけば有利に立てると思って」

私がそう言うとカイト隊長が思わずといった感じで笑った。

「そうですね、では女の人に振られて泣いた話なんてどうですか？」

「何それ！　面白そう！」

ふふふ、ははは！　勝った！　これでエドさんをからかってやる。

私は勝利を確信して高らかに笑いだした。

【ミヅキ……悪い顔してるよ】

シンクがボソッと言った。

門が近くなり、兵士達が集まって来る。

「あっ！　女の人にこっぴどく振られて泣きわめいて、ヤケ酒飲みすぎて酔っぱらった挙句お店の置物をナンパしたエドさんだ！」

ニヤニヤしながらエドさんを見た！

「なっ！　なんでミヅキがそれを……カ、カイト隊長が話したのか！」

エドさんは「クックックッ」と声を押し殺して笑っているカイト隊長を睨む。

「いや、ミヅキが教えて欲しいって言うから……まさかもう話すとは、ぷっ！　あはは！」

カイト隊長が大声で笑っている姿にエドさんは怒るのも忘れて呆然とする。

「隊長が仕事中に笑うなんて初めてだな……」

カイト隊長の笑い声に他の部下達も驚いた顔をしている。

「あっ！　クリスさん！　女の人に全然モテなくて悩んでるクリスさーん！」

「げっ！　ミヅキちゃんなんでその事を？　えっまさか隊長が話したんすか？」

「ロイドさんは、真面目で無口なロイドさんはどこー？」

私がキョロキョロと兵士達を見ていると、ビクッと顔色を変えた兵士がいた。

「ロイドさんみっけ！　ふふふ」

「た、隊長何を話されたんですか？」

ロイドさんが慌てている。

「隊長は真面目でしっかり者だって言ってただけだよ。でもその慌て方、怪しいなぁ～」

秘密がありそうだと怪しんでいると、困った顔をしながらもなんか嬉しそうだった。

「隊長が俺の事をそんな風に？」

「ミ、ミヅキちゃん、俺の事はなんか言ってましたか？」

「えっ？」

「あっ！　俺は俺は！」

「えっ？　えっ⁉」

「俺も聞きたいです！」

兵士達が俺も俺もと近づいてくる。

「えー！　そんな皆いっぺんに話されても分からないよー、カイト隊長が言ってたんだから本人に聞いてよー！」

そう言ってカイト隊長を見ると、兵士達の反応にびっくりしているようだ。

「カイト隊長が俺達の事を見てくれているなんて嬉しいです」

「お前達の事を見ていない訳がないじゃないか……」

「やっぱり、厳しい依頼を受けるのも皆を信用してるから？」

私が口を挟んだ。

「当たり前だ。こいつらなら出来ない事などない！」

そうはっきり言い切るカイト隊長に兵士達のやる気がみなぎる。

シルバに回復魔法をかけた後みたくギラギラしていた。

「ミヅキちゃんは第一部隊にとって突然やってきた天使みたいいっすね！」

兵士達に囲まれて嬉しそうにしているカイト隊長を見ながら、クリスさんがエドさんに話しかけた。

「ああ、ずっと悩んでいた事をあっという間に解決しちまった。全く、今まで悩んでた事が馬鹿らしいよ」

エドさんは言葉の割にとても嬉しそうに笑っている。

「今度皆でドラゴン亭に行きたいっすね」

「そうだな」

「是非ご贔屓に！」

その言葉を聞いて、近いうちに現実になりそうだとエドさんが苦笑いを浮かべた。

◆

「ミヅキー！」

門を過ぎると聞き慣れた声が聞こえる。

「ベイカーさん！　コジローさん！　ただいまー！」

降りていい？　とカイト隊長を見ると、自ら先に降りて私を降ろしてくれる。カイト隊長は本当に紳士的だ！

「カイト隊長！　第一部隊の皆さんありがとうございました。メリルもブライもありがとう。今度はドラゴン亭に来てくださいね！」

「ああ、是非とも行かせて貰おう」

「うん！　待ってるね！」

私は送ってくれた皆にペコッと頭を下げると少し離れて待っているシルバの所に駆け出した！

【シルバ！】

思いっきり抱きつく！　あーシルバは気持ちが良くて安心する。

しっかりとモフってベイカーさん達の元へと向かって行った。

「ベイカーさんコジローさん、プルシアの空の散歩楽しかったよー！　この世界ってすっごく綺麗だね！」

「そうか、楽しかったんなら良かったな」

「それにねー、とってもいい物も見つけたんだー！」

「楽しそうなところ悪いが、ドラゴンが待ってるから王宮まで行くぞ」

ベイカーさんが促す。

「あっ！　プルシアが着いてるんだね。じゃあ急ごう！」

シルバに乗せてもらい王宮へと急いだ。

王宮の庭ではプルシアが体を横たえてのんびりとした様子で待っていた。

【プルシア〜お待たせ！】

私が声をかけるとプルシアが顔を上げる。

「ミヅキ、戻ったようだな」

声に振り返るとギルバート王とアルフノーヴァさん、ロレーヌ宰相が待っていた。

その後ろには頭が硬そうなおじさん軍団が……その周りには更に兵士が並んでいた。

「げっ……」

「げっ？」

私の言葉に国王とロレーヌ宰相が反応する。

「あっ、いえ！」

ベイカーさん達が一歩下がり膝をついて頭を下げたので同じようにしようとする。

「いや、いい。ミヅキ達は面を上げてくれ」

国王の言葉に怪訝《けげん》に思いながらも顔をあげる。ちょっと不安なのでシルバの横にピッタリと立ち、ベイカーさんの服をガッチリと掴んだ。後ろにはコジローさんもいてくれる。

「この度はこのウエスト王国をドラゴンから救っていただき感謝致します」

そう言ってギルバート王が頭を下げると、後ろに控えていたおじさん軍団と兵士達からも一斉に声が上がる。

『感謝致します!!』

ビクッ！　大きな声に驚いてシルバの体とベイカーさんの服をギュッと強く掴んだ。

これって私に言ってる？

思わず周りをうかがいキョロキョロするがこの場にいるのは私達だけだった。

「べ、ベイカーさん……」

思わずベイカーさんを見上げると心配そうに私を見ていた。

「形式上、お礼を言いたいそうだ、もう少しだから頑張れ」

小さい声でそう言われ、仕方なしに頷く。別にこの国を守ったとは思ってないんだけどなぁ。

不安な顔をしている私を見て、大臣達が何故か慌て出す。

「やはり、この国に不信感があるのか！」

「何がお気に召さなかったのだろうか？」

大臣達の不気味なざわめきをギルバート王が手を挙げて制止した。

「ミヅキ、悪かったな。お前がこういう事が嫌なのは分かるが一応、感謝の気持ちを伝えたくてな」

「国王様……でも私この国を守った訳じゃないよ？」

「ああ、お前はそちらのドラゴンを助けたかったんだろ？　分かっている。だがその事で結果的にこの国は多数の怪我人が出る事なく救われたんだ」

だからいいんだ、と優しく笑う。まぁ皆が助かったんなら良かった。

「じゃあお礼も貰ったし帰るね！」

そう言ってベイカーさんの手を引いて帰ろうとする。

「まぁ待て。お前からはもう少し事情を聞かないと、あと後ろのドラゴンにも聞きたい事があるのでミヅキには通訳をお願いしたいんだがな」

「えー！」

正直、面倒くさい。さっさと帰ってやりたい事があるのに……

「お前の話はアルフノーヴァが聞く」

「えっ、アルフノーヴァさん！」

チラッとアルフノーヴァさんを見ると、ニッコリと笑って頷く。

うーん、アルフノーヴァさんとはさっきもゆっくりお喋り出来てないし……よし！

「分かりました！　でも、プルシアが嫌がる事は聞けないですよ」

「ああもちろんそれでいい、よろしく頼む。ベイカーとコジローもそのままミヅキについていて構わない。お前達からも話を聞きたいのでな」

「「はい」」

二人が頷く。

「ではまずドラゴンのお話からお願いしますね。王宮には入れないのでここでお願いしてもいいですか？」

アルフノーヴァさんが近づいてくる。

「はい。聞いてみますね」

【プルシア、なんかお話を聞きたいみたいだけど大丈夫？】

【ああ、分かっている。答えられる質問には答えよう】

【プルシア、皆の言葉が分かるの？】

【問題ない】

おお！　それなら楽そうだ！

「大丈夫だそうです」

そう言ってニッコリと笑う。

「ではよろしくお願いします」

アルフノーヴァさんがそのまま話を始めようとした。

「えっ？　後ろに皆いるけどいいんですか？」

ギルバート王も大臣達も兵士達でさえもそのまま残っている。

「あっ邪魔ならどかしますが？」

そんな物みたく……でも居心地は悪いな、皆こちらを見てはコソコソと話していて気分もよくない。

「うん、あんまりいっぱいいても話しにくいなぁ」

申し訳ないが正直に伝える。

「分かりました、少々お待ち下さい」

ギルバート王と何やら話し始めた。

「では、アルフノーヴァとリョク大臣、フィル大臣、あとは……」

国王がそう言って兵士達を見つめると、部隊長全員が声をあげる。

「あっ！　カイト隊長もいる」

思わず手を振ると、カイト隊長はニコッと笑い返してくれた。

その様子を見ていたアルフノーヴァさんが国王に声をかける。

「では、第一部隊だけ残り、あとの隊は後処理に戻ってくれ」

兵士達に続いて大臣達も下がり、広場がグンと広く感じる。

ああ、開放的！

「ではミヅキさん、私とロレーヌ宰相とこちらのリョク大臣とフィル大臣が話を聞きますね。よろしくお願いします」

「よろしくお願いします」」

大臣達も穏やかに笑って頭を下げる。優しそうな人を選んでくれたようだった。

「なんで、なんかさっきから、皆私に敬語使うんですか？」

大臣達まで敬語である事を怪訝《けげん》に思い聞いてみる。

「そりゃあミヅキさんはこの国を助けたからなぁ、言わば英雄だね」

ロレーヌ宰相が苦笑して答える。

「えーそんな事になるなら助けなきゃ良かった……」

ボソッと呟く。

「そんなミヅキ様！」

リョク大臣が慌て出す。

ゾワゾワ!!　前世の上司ぐらいの歳の人に様付けで呼ばれて、違和感が半端ない！　腕を見れば鳥肌が立っている。

「や、やめて下さい！　呼び捨てでいいですから！」

「いや、しかし……」

「リョクもフィルもやめとけ。あんまりしつこいと後ろのフェンリルに噛まれるぞ」

国王の言葉に大臣達の顔色が悪くなる。

「ちょ！　国王様やめて下さい。シルバはそんな事で噛んだりしないから、ね！　シルバ？」

【……ああ】

【ちょっと！　何その間、シルバまさか噛む気だったの？】

びっくりして目をまん丸にしてしまう。

「こいつ噛む気だっただろ？」

ベイカーさんがコジローさんに通訳を頼んだ。コジローさんがなんと言おうか戸惑っている。

「やっぱりな！　答えられないという事はそういうことだ！」

その言葉に、大臣達の顔色が更に悪くなってしまった。

「ちょっと！　ベイカーさん脅さないでよ。そんな事ないですよ。シルバは優しい子だから」

そう言ってシルバを撫でると気持ちよさそうに甘えた声で鳴く。

「おお！　本当によく手懐けていて素晴らしいですな！」

ん？　手懐ける？　大臣達の言葉に撫でていた手をピタッと止める。

「手懐けるってなんですか？　シルバに言うことを聞かせる為に可愛がってる訳じゃありませんよ……」

私はズイっと大臣達を睨んだ。

「あっ、いや申し訳なかった。大変仲がよろしいと言いたかったのです」

大臣達が汗を拭きながら言い訳をする。

ニコッー！

「へへ、仲良さそうに見えました？」

私はまんまとご機嫌になる。

「えっ？　ええ、それはもう」

【シルバ、仲良しに見えたって〜】

シルバに抱きつくとシルバも尻尾を振って嬉しそうにしている。

【人にもなかなか見る目がある奴がいるな】

私達の様子に大臣達はホッと胸を撫で下ろしていた。

「ミヅキさん、シルバさんとの戯れはそのくらいにしておいて下さい」

アルフノーヴァさんが笑って声をかけてきた。

「はーい」

【じゃおふざけはこの位でシルバ達は少し待っててね】

私はシルバから手を離すと、プルシアとアルフノーヴァさんの元に向かった。

シンクもシルバの元に飛んで行った。

「ではお待たせ致しました。プルシアさんとお呼びしてよろしいでしょうか？」

【ああ】

私は頷く。

「この魔石が埋め込まれていたそうですが、誰にやられたのか覚えていますか？」

【黒髪の子供だ。ちょうどミヅキぐらいの歳に見えたな】

【えっそうなの？　だから最初私が近づいた時に警戒してたんだ】

【ああ】

私は頷きアルフノーヴァさんにその事を伝える。

「私によく似た黒髪の子供だって」

「えっ！」

私の言葉にコジローさんの声が漏れた。

「どうした？」

ベイカーさんが声をかける。

「西の防壁でその子供を見ました。他の数人の兵士も見ていると思います。確かに黒髪でミヅキに似ていると思いました」

「こちらも兵士から同様の報告を受けている。ただ、はっきりとは分からなかったようだが」

ロレーヌ宰相がコジローさんを見ながら答える。

【その子供で間違いないだろう。子供は何か分からない魔法を使っていた。急に体の自由が奪われて、何か言っていたがよく思い出せない。魔石を埋め込まれると強い憎しみの感情がなだれ込んできた。必死に抵抗したが、あのままミヅキに会わなければあの想いに飲み込まれていたかもしれん】

「酷い」

プルシアを慰めるようにそっと手を伸ばす。そんな私にプルシアが優しく顔を擦り寄せた。

【もうどこも痛くないぞ。ミヅキが治してくれたからな】

【うん、プルシアが助かって良かったよ】

アルフノーヴァさんにプルシアの言葉を伝えた。

「憎しみの感情……」

アルフノーヴァさんが珍しく険しい顔をしている。

「アルフノーヴァさん？」

声をかけると、ニコッといつもの表情に戻った。

「では、最近魔物が活発化しているのはご存じですか？」

【ああ……】

プルシアが頷いた。

「それはプルシアさんとシルバさんシンクさんが関わってますか？」

【……】

プルシアがチラッとシルバを見ると、ぷいっと横を向く。

【えっ今の何？　プルシアとシルバとシンクなんか知ってるの？】

【えー？　知らなーい！】

シンクが真っ先に答えた、シンクの様子から本当に知らないようだ。

【すまないがこれは話せない】

プルシアが申し訳なさそうに頭を下にする。

「シンクは知らないみたい。プルシアは話せないって！」

「では、伝承の通りなのでしょう」

アルフノーヴァさんが何か知っているのか頷いた。

【コイツは何か知っているのか？】

プルシアがギロッとアルフノーヴァさんを睨みつける。

穏やかなプルシアには珍しかった。

アルフノーヴァさんはプルシアの睨みにも動じないで微笑んだ。

「この国にずっと昔から言い伝えられている話ですよ。もう詳しく知る者も少なくなりましたが……」

【コイツ、伝承者か？】

プルシアの言葉を伝えると、アルフノーヴァさんがコクリと頷く。

「ここウエスト国にはフェンリル。イースト国にはドラゴン。サウス国には鳳凰《ほうおう》。ノース国には白蛇。各国には聖獣が守り神として祀られていました」

えっ？　何の話？

「しかし時が経ち信仰心も薄れ、祀られていた場所も今ではどこにあるのか、人によってはおとぎ話だと思っている人もいます」

あれ？

「しかしその伝承の聖獣達が今三匹も集まっています」

「えぇぇー！」

私は話の重大さに思わず大声で叫ぶ！

【皆そんな凄い子達なの？　ど、どうしよぅ～従魔にしちゃ駄目なんじゃ……】

今更ながら不安になりオロオロと慌てていると、シルバとシンクが側に来た。

【ミヅキ落ち着け。俺はもうその任を解かれている。今はミヅキの為のただの従魔だ】

【僕だってサウス王国なんて知らないよ、守るんならミヅキを守りたい】

【シルバ、シンク……】

優しい私の従魔達の言葉に目頭が熱くなる。

【私はイースト国の洞窟でずっとその場所を護っている。しかしその任ももう少しで終わりそうだ】

【なんで？】

プルシア達は何を護っているんだろ？

【この世界の創造主様からのお達しでな。何より私の希望である】

【創造主!?】

それってつまり……神様？

【ミヅキ、この話は人族にはしては駄目だ。混乱しか生まないからな】

【えっ？　う、うん分かった。でもなんて言えば……私あんまり秘密とか隠し事って上手じゃないんだよね】

【確かにミヅキは嘘が苦手そうだな……】

プルシアが苦笑する。

【それに私にその話をしても大丈夫だったの？】

プルシアに罰とか下ったら嫌だなぁ……不安そうにプルシアを見つめる。

【ミヅキは……何故か話しても大丈夫だと感じた。他の人族とは何か違う気がする】

【それって、私が転生者だからかな？】

【転生者……なるほど、ミヅキはやはり普通の人とは違うようだ】

プルシアは納得するように頷いた。なんか気になる発言だが、気にしないようにしよう。

【ミヅキ、そのエルフは信用出来るのか？】

【アルフノーヴァさんなら、信用出来る。とっても頼りになるし頭のすっごくいい人だよ！】

【では、ミヅキ。そのエルフと手を繋げ】

「アルフノーヴァさん、プルシアが手を繋げって！」

そう言って手を差し出すとアルフノーヴァさんは躊躇《ちゅうちょ》することなく手を繋いでくれた。

「可愛らしい手ですね」

笑って私の手を握りしめる。

【エルフ、お前に話がある】

突然脳に響く声に驚いて、プルシアを見上げた。アルフノーヴァさんも同じように驚きプルシアを見ている。どうやら同じ声が聞こえているようだった。

【そうだ、ミヅキを通してお前に話しかけている】

やっぱりプルシアの声だった。

【ミヅキは秘密を持つことが苦手なようなのでお前に話しておく。ミヅキ、ちょっと待っていろ】

そう言われて私は首を傾げた。

【ミヅキには声を届けないようにする。ミヅキが知ってしまうときっと大変だと思うからな】

プルシアの言葉に頷き返した。

◆

ミヅキさんと手を繋ぐと、ドラゴンのプルシアさんからの言葉が直接脳に届いた。

どうやら今からの話はミヅキさんには知らせないようにしたいらしい。きっと彼女を思っての事だろう。私が頷くとプルシアさんが話し出した。

【ミヅキがお前を信用していると言った。その言葉を信じてお前に話す。もしこの事を他の者に広めた場合はミヅキを連れてこの地を去る】

【ミヅキさんにそこまで言われたら裏切る訳にはいきませんね】

彼女に信頼をされていることが嬉しかった。プルシアさんが私の答えに頷く。

【お前が言った様に我々聖獣達はそれぞれの土地を護ってきた。それぞれの土地には我々が知るよりも前に何かが封印されているらしい】

【らしい？】

【我々も詳しい事は聞かされていない。だが今その封印が弱くなっているようだ。そこのフェンリルと代わった者がまだ力が弱い事や鳳凰《ほうおう》が一時離れた事や原因は様々だが……一番の原因はノース国の白蛇にあるだろう。何故かは分からないが封印の力が弱まっている】

【ノース国？】

ノース国ははるか北の地にある国だ。交流はほとんどなく情報が少ない。

【近々私も代替わりをするつもりだ】

【それはミヅキさんの為ですか？】

【それもあるが、私に魔石を埋め込んだ奴を放っておけない。そして一度邪悪な力を埋め込まれた私はあの場を護るのにもう相応しくないだろう】

【それは……】

私はかける言葉が見つからなかった。

するとプルシアさんは私の思いに気づき笑った。

【いや、いいのだ。その代わり唯一無二の者に会えたからな。しかしこの事を言うとミヅキはきっと悲しむだろう】

【分かりました。決してこの事はミヅキさんには言いません】

思わずミヅキさんと繋がっている手に力が入る。

ミヅキさんを見るとコテンと首を傾げて不思議そうにこちらを見ていた。

可愛い仕草に思わず笑いかける。

【ああ、ミヅキの顔を曇らせることは許さない】

プルシアさんが力強く言った。

【しかし、ノース国の事は国に報告しないとなんとも動けません】

国王になんと話そうかと考え込む。

【そこはお前が上手く言ってくれ。もし戦争など起こせば、もう我々が護るべき者はこの地にないと判断する】

【決してそのような事がないように致します】

私は自分を信じ話してくださった聖獣に感謝して、頭を下げた。

【ミヅキ】

プルシアさんがミヅキさんに優しく話しかける。私の時とは比べ物にならないくらい優しい声だった。暇そうにしていたミヅキさんが突然の声にピョンと跳ねた。

【お話終わった？】

【ああ、言いたいことは言った。もういいぞ】

「アルフノーヴァさんも大丈夫ですか？」

「はい、ありがとうございました。ミヅキさんのおかげで貴重な話も聞けて大変助かりましたよ」

頭を撫でると嬉しそうに頬を赤くしていた。

「プルシアさんの方は大丈夫ですがあとは、ミヅキさんに不敬を働いた者達の事を聞かせてくださいね」

「えっ不敬？　誰のこと？」

ミヅキさんは忘れてしまったのか眉を顰めて考え込んでしまった。そこで名前を教えてあげる。

「ルイズ大臣達の事ですよ」

ミヅキさんは思い出したと何度も頷いていた。

◆

アルフノーヴァさんに言われて思い出した。そういやいたね、プルシアの事があってすっかり忘れてた。となるとまだまだ帰れそうにないなぁ……

私はため息をついて癒されようとシルバに倒れ込んだ。

これから大臣の話を聞くとアルフノーヴァさんが言うと、プルシアが声をかけてきた。

【ミヅキ、私はもう用はないから一度帰るとする。何かあれば呼べ】

プルシアはすぐにでも飛び立とうとする。

【えっ、プルシア、もう帰っちゃうの？】

私の悲しそうな顔にプルシアの動きがピタッと止まる。

【色々片付けたらまた来るから、そんな悲しそうな顔をするな。離れがたくなる】

そう言うと、私に顔を擦り寄せる。プルシアにはプルシアの用があるのだから引き止めすぎてもよくない、寂しい気持ちを押し込めて笑って送り出す。

【うん、待ってるね】

プルシアは何度もこちらを振り返りながら飛び立って行ってしまった。

【ミヅキ、またすぐに帰ってくるから安心しろ】

悲しむ私にシルバが声をかけてきた。

【そうかな？】

【うん！　あの様子なら絶対にすぐだね！】

シンクも同意して頷く。

【ほら見ろ、飛行形態になった】

プルシアは王都を越えると形態を変えてあっという間に見えなくなってしまった。

「おいなんだあれは、急に消えたぞ」

ベイカーさんがいつの間にか隣に来てプルシアの飛行速度に驚いている。

「速く飛べる形に変化出来るんだって」

「そ、そうか」

ベイカーさんは空を眺めている。大臣と第一部隊の兵士達は口を開けて空を見つめていた。

「ではミヅキさん、今度は部屋でお話を聞かせてください」

アルフノーヴァさんが声をかけると皆もスイッチが入ったように動き出した。

「第一部隊は数名が残り国王とミヅキさん達の警護を。あとは他の部隊と一緒に通常の任務に戻ってください」

「はっ！　では……」

カイト隊長が部隊の兵士達を見渡すと、ほとんどの兵士が手を挙げて志願する。

「「「「「はい！」」」」」

「四、五人でいいですからね、近衛兵もいますから」

アルフノーヴァさんが苦笑して声をかける。本当は警護なんていらないんですけどね。

私は頼りになるシルバとシンクを撫でる。

二人は私の気持ちが分かったのか誇らしそうに胸を張った。

「カイト隊長！　私が！」

「いえ！　俺が」

「慣れてる俺がいいっすよ！」

兵士達は自分が自分がと前に出て、カイト隊長に詰め寄る。

「いつも統率が取れている第一部隊には珍しい光景だな」

ロレーヌ宰相が驚いている。

暇になった私はシルバに寄りかかりながらその光景を眺めて思わず呟いた。

「全然決まらないねーもうじゃんけんで決めればー」

「「「「じゃんけん？」」」」

うおっ！　皆が一斉にこちらを向く。

「あれ、じゃんけんって知らない？」

「初めて聞いたぞ？　どんな物なんだ？」

「物って言うか……手で形を作ってそれで勝敗を決めるんだよ。コレがパー、コレがチョキ、コレがグー。パーはグーに強くてチョキに弱い。チョキはパーに強くてグーに弱い。グーはチョキに強くてパーに弱いの。じゃんけんポンの合図で一斉にどれか出して勝敗を決めるんだよ」

「へー、面白そうだな！」

ベイカーさんが興味深そうに手で形を作っている。

「じゃあとりあえず私とベイカーさんでやってみる？」

ベイカーさんが頷くと他の人達も周りに集まってきた。

「じゃいくよ！　最初はグー、じゃんけん……」

私がグーを出して音頭を取るとベイカーさんが慌てて止めた。

「お、おい！　最初はグーってなんだよ！」

「あはっ、ごめん言ってなかった。最初はグーで皆グーを出してからじゃんけんポンね！　一回皆揃える感じなのかな？」

仕切り直してもう一度！

「最初はグー、じゃんけんポン！」

「やったー！」

私がチョキで、ベイカーさんがパー！　私の勝ちだ！

「へへーコレで私の勝ち！　コレでもし同じものを出したらあいこでしょ。で、また出すんだよ！」

「なるほど、単純だが面白いですね」

「争いにならなくていいかもしれんな」

宰相も国王もじゃんけんに感心している。

「人数が多い時は一人に勝った人が勝ち残っていったりするのがいいかも。第一部隊の皆も数が多いからカイト隊長が親でカイト隊長に勝った人が残れば？」

「それはいいですね、ではやってみましょうか。皆もそれでいいか？」

カイト隊長の言葉に、兵士達もそれならと納得する。

「では、最初はグー！」

「「「じゃんけんポン！」」」

皆が一斉に手を高く上げた。

「カイト隊長がグーだから、パーを出した人が勝ちだよ！　負けた人は座って下さい！」

私が声をかけると負けた人達が悔しそうに座った。

「勝ったのは十人か？　じゃあもう少し絞るぞ、最初はグー、じゃんけんポン！」

丁度三人勝ち残った。

「はい！　決定ー！」

私がパチパチと拍手する。

「コレ結構面白いな！」

「すぐに勝負がついていいかもしれん！」

兵士達にじゃんけんは好評だった。

「これは流行るかもしれませんね」

所々でじゃんけんをする兵士達を見ながらロレーヌ宰相とアルフノーヴァさんは頷き合っていた。

「それでは決まったようですので移動しますよ」

【シルバ達はどうする？】

【【一緒に行く】】

おお、ハモった。行く気満々の二人に笑ってしまう。

「シルバ達も一緒に行ってもいいですか？」

国王達に声をかけるともちろんだと頷く。

「大丈夫ですよ、ベイカーさんも保護者として付き添いをお願いします」

「ああ、分かった」

「では、俺は先に戻っている。ミヅキ、リリアンさん達に伝言はあるか？」

コジローさんが先に戻ると言って伝言を引き受けてくれた。

「ありがとうございます！　皆に大丈夫だから心配しないでって伝えておいてください。終わったらすぐに戻るからって！」

確かに伝えると頷いてコジローさんは王宮を後にした。

シルバ達もいる事から少し広めの部屋に通される。

「ではミヅキ、ルイズ大臣とビストン大臣に何をされたのですか？」

「えっと……なにされたっけ？」

ベイカーさんを見ると呆れている。

「お前なぁ、ある事ない事言われて、最終的には従者になれって言われただろ」

「ああ、そっか！　プルシアが来たからなんかどうでもよくて忘れちゃった」

笑っていると皆が呆れていた。

「ミヅキさんが言えば彼等を奴隷落ちにだって出来るんですよ」

アルフノーヴァさんの言葉に固まる。

「そこまでの事した？　まだ何にもされてないよ！」

「ミヅキさんがただの平民なら降格ぐらいで済んだかもしれませんが、今のミヅキさんにその様な行為を働いた以上、もうそれだけでは済みませんよ」

「えっ？　今の私？」

今も昔も私は私だ、何が違うのかと表情が硬くなる。

「ミヅキ、もしシルバとかデボットがお前と同じ目にあったらどう思うよ？」

ベイカーさんが質問してきた。

「シルバやデボットさんが？」

えーと、いきなり従者になれって言われて、断ったら不敬罪。

「そんなのやだ！　絶対にダメ！」

納得いかないと険しい顔をしているとベイカーさんが笑って頷く。

「だろ？　皆同じ気持ちだ。ミヅキにそんな事言った奴を許せるか」

「そっか、ありがとう。ベイカーさん達が怒ってくれて嬉しい。でも私のせいで他の人が嫌な目にあうのはやっぱりやだなぁ。私は何もなかったから大丈夫、これから気をつけてくれればいいよ」

「ミヅキさんの気持ちはわかりました。しかし罪は罪ちゃんと償わなくてはいけません」

それはそうだね……

「どんな罪になるんですか？」

恐る恐る、どのくらいの罰が与えられるのかアルフノーヴァさん聞いてみる。

「ルイズ大臣とビストン大臣は爵位返上。ローズ嬢はレオンハルト王子の婚約者候補からも外れて頂きます。あとは、国王の従者のレアルですね。彼は王宮からは出ていって貰うしかありませんね」

「えっ？　レアルさんてよくギルバート王のコロッケを貰いに来る人？」

「ああ、そうだ」

国王が頷く。

「なんでレアルさんが？　何もしてないよ？」

「何もしなかった事が問題なんだ。あいつにはミヅキに手を出さないように貴族に通達せよと言っておいたのだ」

「それを忘れちゃったの？」

「言う必要がないと自分で判断したようだ」

「そっか……えー、レアルさん好きだったのになぁ」

意外だったのか私の言葉に一同が驚いている。特にギルバート王は気になったようだ。

「レアルが好きなのはなんでだ？」

「えっ？　だってレアルさんて色々指摘してくれるんだよね。コロッケはパン粉が粗めだと油っこいとか、ソースが酸味が効きすぎだとか、プリンが甘すぎるとか教えてくれるんだ！」

「それって……ミヅキに対しての嫌味じゃないのか？」

ベイカーさんが心配そうに聞いてくる。

「ううん。レアルさんはギルバート王の為に言ってたんだと思う。ギルバート国王に合うように色々改善点とか注意を言ってくれたんだよ」

「確かに、ミヅキの態度に一番怒っていたのもアイツだったな」

思い当たる節があるのかギルバート王が頷く。

「それになかなかいないんだよねー注意してくれる人。褒めてくれるのも勿論すっごく嬉しいけど注意や指摘、間違えを教えてくれる人って実はとてもありがたい存在だと思う。嫌いなら無視してればいいいんだもん。私に色々言ってくれてた事は感謝してる」

「しかし、何もしなければ他に示しがつかん」

「んー、ならちょーだい、レアルさん！」

「ちょーだい？　どういう事ですか？」

アルフノーヴァさんとロレーヌ宰相が眉を顰める。

「ちょっとこれから忙しくなると思うから優秀な人材が欲しかったんだー！　レアルさん罰で職が

なくなっちゃうんでしょ？　なら従者として雇いたい！」

私の突拍子もない提案にまた何かやらかすのかと呆れと期待が交錯していた。

「では、そういう事で。ルイズ大臣とビストン大臣の処分はこちらで審議して決定しましょう」

「はい、お任せします」

ここでの罪に対しての罰がどんなものか分からないしね！

慣れてる人に任せた方がよさそうだ。

「ミヅキさん、他に何か国から欲しい物はありますか？　一応、地位とか領土とかを差し上げられますが？」

アルフノーヴァさんに聞かれて思いっきり首を振る！

「ひぃ！　そんなの貰ったらどうなるの？　何か絶対に裏がありそう！」

タダで貰っていい事なんてなさそう！

「いえ、裏なんてありませんよ。まぁ領土は面倒かもしれませんね、管理が必要ですから。爵位を与えられたら国王から呼び出しがありますしね」

「いやいや！　ミヅキを呼び出すなんて……するかもな」

おい！　使う気満々か！

「いらない！　そんなのなくても皆でのんびりと暮らしていければそれでいいので、ほっといて下さい！」

「そうか、しかし、ルイズ大臣とビストン大臣の屋敷も没収する予定だし、どうだ？　いっそそこに住むか？」

「えー！　あの人達の屋敷ってなんかやだなぁ」

乗り気でない私にギルバート王が尋ねる。

「なら、なんかないのか、欲しいもの？」

うーん……

「あっそうだ！　広い土地が欲しい！　あっ、土地って領土になっちゃうの？」

「なんだ？　やっぱり領土がいいのか？」

「領土っていうか作物を育てられるだだっ広い土地が欲しい。周りに水場がある所がいいなぁ。王宮から離れてて使い物にならないのでいいからって、やっぱり貰いすぎ？」

「いや、それならばどうという事はない。しかし本当にそんなものでいいのか？」

もっといいものを言ってもいいのだぞと言われる。

「大丈夫です！　土地とレアルさんで十分！」

「ミヅキさんがいいと仰るならこちらとしては無理やりそれ以上渡す訳にもいきませんね」

うんうん、それでいいよ。私は話が落ち着きそうで満足して頷く。

「では、用意出来次第渡そう」

「ありがとうございます！」

嬉しいなぁ～、思わぬ収穫に顔がニヤける。

「またなんかしようとしてるのか？」

ベイカーさんがボソッと声をかけてきた。

「えへへーいい事だよ。大丈夫、大丈夫……大丈夫だよね？」

またなんか無意識にやらかしてないかな？　私の不安な顔にベイカーさんがピシャリと言う。

「帰ったら報告な！」

「はーい……」

多分平気だと思うんだけどなぁ。

「ミヅキさん、ベイカーさん、何かしでかす前に……いえ、する前にこちらにも報告していただけると嬉しいです」

ロレーヌ宰相とアルフノーヴァさんが困ったように笑っている。

今、しでかすって言った？　私の納得いかない顔に二人は笑う。

「前もって言っていただければ対応も出来ますからね」

「はーい、マルコさんに相談しながらやろうと思ってるので、決定したら報告しますね！」

そう言うと二人は安心したようだ。マルコさんの名前を出したのも良かったのかもしれない。

じゃもう帰っていいのかな？

ソワソワとしながら様子をうかがうと皆が苦笑いする。

「これ以上ミヅキを留めておくとうるさそうだ。また何かあれば店に話を聞きに行くが大丈夫か？」

国王が尋ねてきたので頷くとやっと解放される事になった。

「では、門までお送り致します」

カイト隊長と兵士達が先導してくれる。

「ミヅキは土地を何に使うんだ？」

歩きながらカイト隊長が聞いてきた。私がお願いした事に興味がわいたらしい。

「さっきプルシアと散歩中に大好きな食材を見つけたの！　だからそれを育てられたらなぁと思って。上手くいったら皆さんにもご馳走しますね！」

「楽しみにしている」

カイト隊長が穏やかに笑っている。最初の張り詰めた空気はもうどこにもなかった。

たわいない話をしているとすぐに門に着いた。

「ではここで……次の休みに皆でお店に行こうと思うが大丈夫かな？」

カイト隊長がうかがうように聞いてくる。

「もちろんです！　美味しい料理を用意して待ってるね！」

そう答えるとほっとしたように笑っていた。送ってくれた兵士さん達に挨拶をして王宮の門を出ようとすると、門番のお兄さん達が声をかけてきた。

「ミヅキちゃん！　大丈夫だったかい？　大臣達に連れてかれたと思ったら、ドラゴンが来たりと大変だったよ」

「でも、ミヅキちゃんが元気に戻ってきてくれて良かった」

二人共ほっとしたように私を見つめる。

「ご心配おかけしました！　もう大丈夫だと思うよ。だからまたドラゴン亭に来てね」

二人に手を振り王宮をやっと離れた。

八　米

街はドラゴン襲撃の影響か人が多く騒がしい。

通りを抜けてドラゴン亭に向かう。店の前には更に人が集まり騒がしくなっていた。

「なんかあったのか？」

ベイカーさんが警戒して私を後ろに隠した。

「皆外に出てるね」

ベイカーさんの足の隙間から店の様子をうかがう。

「あっ！　ミヅキさまだー！」

すると同じ目線のムツカと目が合った。大声で私の名前を叫ぶと、その声に皆が反応した。

「「「「ミヅキ様～！」」」」

イチカ達が目に涙を浮かべて駆け寄ってくる。あっという間に皆に囲まれて無事を確認される。

「皆ただいま～」

「良かった……ミヅキ様が無事に帰ってきて」

涙声で話すイチカ達の後ろに安堵の表情のデボットさんが見える。

「あっ、デボットさんもただいまぁ～」

私がのんびりと挨拶する。

「ただいまぁ～じゃねぇよ……コジローさんから大丈夫だとは聞いていたが、よかった」

怒りながらもほっとした顔を見せるなんて、忙しいこった。

「ミヅキ様、ドラゴンが来たの見ましたか？」

「私達お店もそのままに皆でマルコ様のお屋敷に避難してて」

「怖かった」

「大きかったねぇ～」

皆ドラゴンに衝撃を受けていたようだ。

友達になったって言える雰囲気でもなく、無言でベイカーさんに視線を送る。すると知るかと顔を逸らされる。そんな私達のやり取りにデボットさんが眉間に皺を寄せた。

「まさか……」

信じられんという顔で私を凝視する、ドラゴンと関わりがある事に感づいたようだ。

デボットさんいつも糸目なのに目が見開いてる～！

「ミヅキ、もしかして……ドラゴンと？」

「うん！　そのもしかして！」

てへっと笑って誤魔化す。

「本当なのか？　ベイカーさん！」

デボットさんが私の言葉だけでは信じられないのか……いやこれは信じたくなくてベイカーさんに確認しているのだろう。

「ああ、見事に仲良くなって一緒に空飛んでた……」

ベイカーさんの諦めたような声にデボットさんが固まる。

やばいなんか怒りそう？　よし、話を変えよう！

「そうだ！　それでね、その空の散歩で良いもの見つけたの。マルコさんにデボットさんコレ見た事ある？」

収納から一束の黄金の稲穂《いなほ》を見せる。

「いえ、分かりませんね」

マルコさんは首を振る。デボットさんも知らないと言った。

ついでにベイカーさんやルンバさんポルクスさんに見せると皆同様に分からないと言う。

「これはねぇ、すっごく美味しい〝米〟が出来るんだよ！」

私はジャーン‼　と黄金の稲穂《いなほ》を空に掲げた！

「「「「コメ？」」」」

初めて聞く言葉に皆が眉を顰める。

「ふふふ、まずは味見してみようか！　その美味しさにひれ伏すがいい。ちょっと待ってね！」

私は収納から更に残りの稲穂《いなほ》を取り出す。

「あっ、これって干して脱穀《だっこく》しないといけないのか」

【シルバー！　これ魔法で干してくれる？】

お願い！　と手を合わせる。

【任せておけ】

さすがシルバ、頼りになるね！

「デボットさんこれ束にして紐で縛るの手伝って～！」

私はまとめて見本で一束縛った。

「こうやって根元の部分を縛ってね」

様子を見てたイチカ達もやりたいと手伝ってくれた。

【店の裏の所に干す台を作りたいから土魔法でお願い出来る？】

シルバに物干し台みたいな物を地面に書いて説明するとあっという間に作ってくれた。

シルバありがとう～！　お礼にギュッと抱きつく。

「皆この棒に縛った稲穂《いなほ》を逆さにかけてね！」

【シルバはそれを風魔法で水分を飛ばす感じで乾かして】

あとは脱穀《だっこく》は、私の風魔法で大丈夫かな？　結構人数いるし、今ある分は全部干さないとかなぁ。

私は稲穂《いなほ》をすべて出した。

【シルバ、この稲穂《いなほ》を刈った場所覚えてる？】

【ああ、分かるが、あんなに刈ったのにまだ取るのか？】

【食べる所はこの実の小さい部分なんだよ。この一束でも一人分にならないかも。それに次に育て

る為の種も残しておかないと、だから時間がある時にまた行こうね！】

シルバはしょうがないと笑って頷いてくれた。

皆のおかげで束にする作業がすぐに終わる！

「皆ありがとう！　じゃあ少し離れてね、シルバよろしくお願いします」

【ああ】

皆を稲穂《いなほ》から遠ざけるとシルバが風を送って稲穂《いなほ》を乾かしていく。

【どのくらいやればいいんだ？】

【えっ？　どのくらい？】

どうしよう、私も細かい所は分からないなぁ。子供の時に授業で習った知識と大人になってテレビで観た知識くらいだ。

【もみがらが取れるくらいには乾かしたいけど……ちょっと様子見てみるから風止めてくれる？】

私は稲穂《いなほ》を一本取ってもみを手に取る。風魔法で軽く粉砕するが、上手くいかない。

「あれ？　殻が上手く取れないなぁ？」

もみを何粒か取ると土魔法で作った器にのせて棒で叩いていく。

「これでどうかな！」

もう一度風魔法で粉砕、その中に小石を混ぜるともみがらがパラパラと浮いてきた。

「取れた！　でも、もう少しかな」

【シルバもう少しだけ乾かして】

その間にもみを脱穀《だっこく》するための道具を作らないといけない。

米作りって大変だ！

でも!!

念願の米の為に諦める気はサラサラない、流れる汗を豪快に拭った。

「はい！　脱穀《だっこく》終わりー」

私は魔法でフォークの先を大きくしたような自家製脱穀《だっこく》機を作ってサクサクと作業を終えた。

「結構取れたね、次はもみすりだー」

「おー！」と言う掛け声を待っていたが返ってきたのは困惑だった。

「もみすり？」

可愛い顔で皆で揃って首を傾げている。私は大きな臼を土魔法で作ってそこにもみを入れた。

「はい、ベイカーさんこれで突いて」

少し重めになってしまった杵を置く。重くて持ち上がらないのだ。

しかしベイカーさんは軽々とそれを持ち上げる。

おお凄い！　さすがA級冒険者だ、たまに忘れそうになるが……

「こう、ペッタンペッタンって感じてついてみて」

いわゆる餅つきの仕草をするとベイカーさんは分かったと頷き、杵をついた！

ガンッ！　ガンッ！

想像してた音と違う。

「待って！　米が砕けちゃうよ、軽くでいいんだよ」

「そんな強くやってないけどなぁ……」

ベイカーさんが今度は力を加減してくれたのか、もみを押し込む感じで優しくついた。

「もういいかな？　ベイカーさんありがとう。あとは、風魔法で！」

もみをまとめて、風魔法でもみがらと米に分ける。更に食べる分だけを取り分けて残りは大事にしまっておく事に。今度は魔法をもっと強くして精米していく。

「ミヅキ様、このゴミは捨てていいですか？」

イチカ達が私が分けておいた糠《ぬか》を指さす。

「あっ、それも使えるから取っておいて」

麻袋を渡して入れておいてもらう。糠《ぬか》はぬか漬けが作れるからね！

「ニカとシカは麻袋を口を開けて持っててくれる？」

「こうですか？」と袋の端を持ち大きく開けてくれてる所に白米を流し入れる。

「きれー！」

ムツカがお米の白さに驚いている。

「ミヅキさまーちゃいろいコメがしろくなったー」

「そうそう、この白いのが綺麗で美味しいんだよねー！」

炊く前なのに想像してヨダレが垂れそうになる。待ちきれずに早速炊いてみる事にした。

「ルンバさんポルクスさん、来て下さい。お米の炊き方教えるから！」

「私達も見ていいですか？」

ダージルさんとキッシュさんも興味深そうにしている。

「もちろんです！　あっゴウも見る？」

料理に興味があるから聞いてみるとうんうんと勢いよく頷いていた。

皆で厨房に行き鍋を用意する。

「皆よく覚えてね！」

私はふー！　っと息を吸い込むと「はじめチョロチョロ中パッパ、赤子泣いてもふた取るな」と一気に歌い上げた！

「「「「はっ？」」」」

皆口を開けて唖然とする。

「これはお米を炊く上で大切な事を歌にしたの！　はじめチョロチョロは、火加減をちょろちょろとした弱火にするって事。中パッパは、一気に強火にし沸騰させて、ジュウジュウ吹いたら火を弱めて沸騰を維持して炊き上げげって事！　赤ちゃん泣いてもふた取るなは、炊けてもすぐふたを取らないで、高温でしっかりと蒸らしてあげる事。これを守れば美味しいお米が炊けます！」

まぁ、鍋で炊いた事ないけど、どうにかなるかな？

「やってみるね、まずはお米を水で洗います。洗った時の水が白く濁らなくなったら大丈夫です。そしたら鍋に移し替えて水を入れます。手を浸して手の甲が隠れるくらいかな？　この水加減は好みにもよるんだけど、私は柔らかめのお米が好きだから少し水加減多めに……」

そう言って水を少し足した。

「じゃあ炊いてくね！」

鍋に火を付ける。

【シンクさっきの歌の説明聞いてた？】

【うん、初めチョロチョロ中パッパだね！】

【そう！　最初は弱火で二十分くらいお願いします！】

【任せて！】

シンクが羽を広げると鍋の火を弱めた。

「弱火で二十分炊きます」

◆二十分後◆

「じゃ次は強火～」

【沸騰したら様子を見ながら火を弱くしてって】

【了解～】

シンクが今度は火を強める。本当にシンクは火の使いが上手で助かる。

◆更に二十分後◆

【はい！　シンクありがとう～火を止めてくれる？】

シンクがピタッと、火を止めた。本当にいい子だ！

「ここで絶対に蓋を取らないで下さいね。それで十分～十五分蒸らします！」

◆十分後◆

時間が来て私は鍋の蓋に手をかける。

なんか緊張する……大丈夫、いい香りがしてるし炊けたはず。

「開けるよ、湯気が出るからあんまり側に寄りすぎないでね。特にベイカーさん」

「お、おお」

匂いにつられ側に寄ってきたベイカーさんに注意を促すと一歩下がった。

パカッ！　ボワァ！　っと白い湯気が上がる。薄くなって消えると、中には念願の白い粒が光っている！　私はその光景に思わずポロッと涙を流した。

「ミ、ミヅキ！　どうしたんだ熱かったのか？」

涙を流す私に気がつきベイカーさんが声をかけると皆が駆け寄った。

「ミ、ミヅキ様？」

「ミヅキさまぁー」

「どうしたんだ？」

心配して声をかけてくれる皆にニコッと笑いかける。

「ずっと……ずっと、探した物だから嬉しくて」

あまりの感激に涙を流してしまい恥ずかしくなって照れた。気を取り直して涙を拭う！

「さぁ！　混ぜるよ。あんまりないから少しずつになっちゃうね、一口おにぎりがいいかな」

私の独り言に料理人達が反応する。

「「「おにぎり？」」」

「うん、まずは手を濡らして…」

鍋から炊きたての米を取ると小さい手に乗せる。

「熱っーー！」

思わず米を鍋に戻してしまう。やばい熱かった……お米ってこんなに熱く感じたっけ？

デボットさんが心配そうに冷たい布を差し出してくれる。

「おい、大丈夫か？」

「ありがとう。なんか、思ったより熱かったからびっくりしちゃった。でも大丈夫！　次は油断しないから」

「そんな、挑むような料理なのか？」

やめとけばと言われるが米を前にこの程度で諦めきれない！　さぁいざ勝負！

私はもう一度手に取ると「ほっほっほっ！」と手の中で回し跳ねさせながらふわっと握っていく。

「ポルクスさん、塩！」

「塩？　おお、ほら」

手を出すとポルクスさんが塩をかけてくれる。塩をすり込ませて形を整えれば……

「はい、出来上がり！　塩おにぎり！」

「なんか小さいな」

「可愛いね」

気合いを入れてどんどん握っていく。そろそろ人数分になったかな？

「じゃ皆一個取って食べてみて」

ミヅキサイズの小さいおにぎりを手に取ると興味深そうに見つめて観察している。

「いただきまーす！」

私は待ちきれずにパクッと口に放り込む！

その姿を見て他の皆も一口で食べた。

「うん？　思いの外味がないなぁ」

ベイカーさんが眉を顰める。

「塩がこのコメの味を引き出して甘味を感じますよ」

マルコさんが面白いと噛み締め味わっている。

「ミヅキ、これが本当にずっと探してた食材なのか？」

ベイカーさんが米の味に疑問をもって聞いてくる。

そんな私は先程とは比べ物にないくらいに涙を流していた。

「ミヅキ……？」

米だ……！　ちょっと芯が残ってしまったが、紛れもない米！　もう食べられないかもしれないって何度諦めた事か……余韻に浸りながら米の味を噛み締める。

「ご馳走様でした……」

米に感謝して手を合わせて心の中でお礼を言う。

「ミヅキ、お前大丈夫か？」

ベイカーさんが側に来て私の顔を袖で拭った。

「うん、これだよ！　これなんだよ、ちょっと炊き方が納得出来なかったけど……これを探してたの！」

興奮する私にベイカーさんは首をひねっている。

「俺は正直、コロッケや唐揚げの方が美味かったな」

ベイカーさんは分かってない！

「唐揚げって残ってますか？」

ポルクスさん達に聞くと冷めてしまったがまだ残ってると言う。

「じゃ、チンしよ！」

こんな時に電子レンジがあるといいけどここは魔法で対応だ！

「はい、じゃベイカーさん唐揚げを食べてみてそしたらすぐにお米食べるの」

「おい……その前になんだその魔法は！」

「ミヅキさん、今のなんですか？　唐揚げから湯気が出てますが、魔法で温めたのですか？」

マルコさんの異様な食い付きに思っていたのと違う展開になってしまった。

あれ？　米の良さをアピールしたいのに、チン魔法の方に注目が……

「それはあとで！　とりあえず今は米に集中。米以外のコメントは受け付けません！」

顔の前にバッテンを作る。

「こめんと？」

マルコさんが首を捻る。ああ、ややこしい！　とりあえず食べて食べてとベイカーさんを促し、熱々の唐揚げを口に入れハフハフと少し噛んだ所で余っているおにぎりを渡した！

「はい！　今、米を食べてみて！」

ベイカーさんがおにぎりを口に入れ、カッ！　と目を見開いた！

そして、残ったおにぎりを掴むとどんどん頬張っていく。

「ちょ！　ベイカーさん食べ過ぎ！　ストップ！　止まって、私の米が～」

慌ててベイカーさんの手を止めるが、残ってたおにぎりの半分くらい食べられてしまった。

「なんだこのコメって、唐揚げとの相性が凄くいいぞ！　いくらでも食べられる感じだ」

信じられないものを見るようにおにぎりを眺める。

当たり前だ！　濃い味付けのおかずには米が付き物！　合わない訳がない！

「私も食べてみたいです！」

キッシュさんが興味深げに唐揚げに手を伸ばす。俺も私もと料理人組が出てきた。

「ミヅキさん、唐揚げとコロッケを持ってきましたよ。先程の魔法で温めてください！」

マルコさんが唐揚げとコロッケを更に追加で持ってきた。

マルコさんは魔法の方にも興味津々だった。

「魔法って言っても、私の考えた適当魔法ですよ？」

マルコさんがそれが見たいと食材を凝視するが、表面というよりも中を温めるから見ても分かりにくいと思うんだけど……まぁいっかと私は唐揚げとコロッケにチン魔法をかけた。

すると食材から作りたてのような湯気が上がる。

「なるほど……表面でなくて食材の内部を中心に魔法で温めているんですね……」

なんかブツブツ独り言を喋りながら唐揚げを眺める。

傍から見ると唐揚げに話しかけている人に見えた。

そんなマルコさんはほっといて、やはり主役は米だ！

「はい！　じゃおかずを食べながら米を食べてみてね。米ってこの世界のパンみたいな役割だから」

各々好きなおかずを手に取り食べ、おにぎりにかぶりつく。

皆もぐもぐと口を動かし味わっている。

「パンの代わりという意味がわかりますね！」

「これはなんにでも合いそうだな！　ハンバーグにも合うんじゃないか？」

ルンバさんさすが！　絶対に合うと親指を立ててウインクする。

「パンとはまた違った甘味だな、これは色々と組み合わせが面白そうだ」

キッシュさんも米の可能性に気がついたようだ。

米の良さに気づいてもらえて凄く嬉しい！

「マルコさん、このお米を育てていきたいって思ってるんだ。もう土地は国王に貰ったんだけど、どうかな？」

「いいと思います！　これはきっと王都でも流行りますよ。ドラゴン亭の新たなメニューになりそうです」

「よし！　じゃあ、レアルさんが来たら色々と相談しながらやっていこうと思います。マルコさんはすみませんがロレーヌ宰相に報告しておいてください。なんか始める時は報告しろって言ってたから」

「報告はわかりましたが、レアルさんとは？」

「来たら紹介します。皆知った顔ですよ！」

そう言ってニヤッと笑った。私の笑顔にベイカーさんが顔をしかめる。

子供の笑顔だよ⁉　もっと喜んだ顔をして欲しいものだ！

まぁそれよりも米の為に頑張るぞー！

私がやる気に満ち溢れる中、ベイカーさんが隣で一人ため息をついていた。

九　人員確保

色々と騒動のあったドラゴン亭だけど、地域の人の再開を求める声を受けてすぐに通常通り営業する事になった。

イチカ達の働きぶりも素晴らしい！

皆に出したピザと唐揚げも新メニューとして追加する事に。デザートのプリンは一人で作るのは大変なので数量限定となった。

「今日はちょっとデボットさんとマルコさんと出かけたいのでお店をお休みしてもいいですか？」

ルンバさんとリリアンさんに伺う。

「イチカちゃん達がお手伝いしっかりしてくれるから大丈夫よ。ただ、ミヅキちゃん目当てのお客様は可哀想だけどね」

そう言って苦笑するリリアンさんに私はニコッと笑った。

「大丈夫大丈夫！　ムツカもいるし他にも可愛い子がいるから問題ないよー！」

「そう言う事じゃ、ないんだけどなぁ……」

リリアンさんは困ったように笑い私の頭を撫でる。

ん？　ならどういう事なんだ？　首を傾げる私にリリアンさんから注意を受ける。

「ちゃんとデボットさんとマルコさんから離れないようにね」

「はい！」

私がしっかりと返事をするとリリアンさんはマルコさん達によろしくお願いしますと頭を下げた。

「おいシルバ交代しないか？」

ベイカーさんがシルバにコソコソと話しかけている。

当然、シルバとシンクが私について来るのでベイカーさんは、ドラゴン亭の皆の護衛としてお店に残る事になっていたのだ。

シルバがベイカーさんの言葉にプイッと横を向く。

【誰が代わるか】

「だよな……」

シルバの様子に断られたと悟ったベイカーさんは肩を落としている。

あの二人、喋れないのに意思の疎通がバッチリだった。

「ベイカーさんはちゃんと皆の事を守っておいてね」

ベイカーさんを見上げると分かってるよ、と不貞腐れている。

ちゃんとお土産買ってくるからいい子に待っててね！

「行ってきまーす！」

皆に手を振り、肩にシンクを乗せてデボットさんとマルコさん、シルバと歩き出す。

ベイカーさんがやたらデボットさんによろしくな！　と手を振っていた。

「デボットさんベイカーさんとなんか話したの？」

「ミヅキをよろしく頼むって、言われた」

何故か歯切れ悪く話す。まぁベイカーさん心配性だからね！

ベイカーさんの心配をよそに私は元気よく歩き出した！

隣ではデボットさんが大きなため息をついていた。

「そういえばミヅキさん、ロレーヌ宰相が近々、レアルを連れてきて土地の場所を案内してくれるそうですよ」

マルコさんの報告にテンションが上がる！

さすが宰相さん行動が早い！

「嬉しい～！　ならやっぱり早めに見つけないとなぁ……」

後半の言葉はマルコさん達には聞こえていなかった。

「ロレーヌ宰相がお疲れの様子でしたし、出来たらあのコメを食べさせてあげたいのですが……」

マルコさんがうかがうように聞いてくる。

「大丈夫ですよ。ちゃんと報告用に皆さんの分は用意しておきます！　ただ、在庫はが少ないのでこの試食のあとはしばらくは食べられないかもしれません」

念願の米が少なくなる事に残念な顔をしていたのだろう、デボットさんが心配してくれる。

「ならミヅキの分だけでも確保しとけばいいじゃないか？」

「それは駄目だよ、独り占めしても美味しくないもん。ご飯は皆で食べてこそご馳走でしょ！」

ミヅキらしいなとデボットさんとマルコさんが微笑んだ。

「ところでどこに向かっているんだ？」

デボットさんに聞かれて「スラムー！」と元気に答えた！

「……」

あれ？　聞こえていなかったようだ。

「デボットさん、ス・ラ・ムだよ！」

ちょっと大きめの声で叫んだ。

「うるさい！　聞こえてるわ！」

デボットさんが私の頭を鷲掴みにした。

「ミヅキ、それベイカーさんに言ってあるのか？」

「ベイカーさんに？　言う訳ないじゃーん。言ったら絶対許してくれなそうだもん！」

マルコさんをみると苦笑して頷く。

「マルコさんは知っていたのですか？」

「私も初めは反対したのですが、ミヅキさんに説得されました」

申し訳ないと頭をかいている。怒られたらマルコさんが庇ってくれる約束になっている。

「なんでまたスラムなんだ？　そんな所で何が必要なんだ？」

「人手！」

「なら、俺達みたいな奴隷商でいいじゃないか！」

「そうだけど、もうお金ないしイチカ達に教えて貰ったの。イチカとムツカはそこから来たんだって。親に捨てられちゃった子達が仕事も見つけられずに、ただ食べる為だけに生きてるって」

そんな悲しい事を聞いて黙ってられない。

デボットさんに分かって欲しくて見つめると真剣に見つめ返してきた。

「私、そういう子達に仕事を作ってあげたいの。それで自分達で自立出来るまで面倒を見てあげたい。子供は本来なら大人になるまで助けて貰う権利があるんだよ」

「お前だって子供だろうが……」

デボットさんが力なく言う。自分の事を考えると頭ごなしに反対は出来ないのだろう。

それでも心配してくれるデボットさんに笑いかける。

「私は十分助けて貰ってるよ。ベイカーさんやルンバさん、リリアンさんにポルクスさん、沢山の優しい大人達に助けて貰ってる、もちろんデボットさんにもね！」

そう言ってデボットさんの手を握りしめた。

あの時冷たくなっていた手が今は温かく握り返してくれる。

「私はこの貰った幸せを皆におすそ分けするだけだよ。それに、ぜーんぶ面倒見る訳じゃないよ！ちゃんとイチカ達みたいに働いて貰うんだから！　だからデボットさんも味方してね！」

そう言って笑うと諦めたように微笑み返してくれた。

やっとデボットさんの笑顔が見られた事に安堵する。

「分かったが……味方ってなんだ？」

「何ってあの怖いお父さんに反対されたらだよ！　ベイカーさんの事、怒られたらちゃんと庇ってね！」

「やられた……」

デボットさんはマルコさんを見ると諦めろとばかりに首を横に振られる。

「はぁ……俺があのA級冒険者に勝てるとでも思ってるのか？」

ため息をつきながらも私の手を離そうとはしなかった。

◆

「ミヅキさん、ここからスラム街になります。治安が更に悪くなるのでシルバさんに乗せてもらった方がいいんじゃないでしょうか？」

マルコさんに言われて頷く。

また何かあったら〝スラムで沢山人手を確保しよう作戦〟が中止になっちゃうからね！

【シルバ、よろしくね】

【ああ、でも大した気配はないなぁ】

シルバの言葉を二人に伝えてみた。

「そうですか、まぁ子供や気力をなくした者が多いですからね」

マルコさんが答えた。

「シルバ達がいるならミヅキは大丈夫だろ。だが、どうやって子供を探すんだ？　俺ならこんな怪しい集団に絶対に近づかねぇぞ？」

デボットさんが私達を上から下まで見つめる。

私達はと言うと、大きな魔獣に乗る赤い鳥を肩に乗せた少女。その隣には見た目が怪しい商人風の男に身なりのいい商人風のおじさん……確かに怪しい。

しかし私には考えがあった！

「ふふふ、そこは分かってるよ！　そんな怪しい私達にも寄ってきちゃう。題して〝胃袋を掴んじゃえ大作戦！〟」

「はっ？　何言ってんだ？」

デボットさんが怪訝《けげん》な顔をする。

「私のいた所では、男の人の気を引くなら美味しい食べ物で釣るって戦法があるんだよ！」

「なんか聞くだけですっげえ怖い戦法だな」

デボットさんの顔が引きつった。

「いえ、素晴らしい方法だと思いますよ！　現に私もミヅキさんに胃袋をしっかりと掴まれておりますからね」

「た、確かにな……」

デボットさんも私の料理は美味しいと言ってくれる。

「だからスラムの皆も美味しい物で釣って胃袋も気持ちも掴んじゃえ！　って感じ！」

素晴らしい作戦に自信満々にデボットさんとマルコさんを見つめる。

「ミヅキさんがやればきっと大丈夫でしょう」

「そうだな、ミヅキがやるなら皆陥落しそうな気がする。なんせ俺がしたからな」

なんか引っかかる言い方だなぁ～人を誑し込む名人みたいに……

納得いかない顔をしつつ歩いていい場所を探す。少し足場と台があるところがあったので、そこを拠点にする事にした。

シルバから降りると早速ご飯の準備をする。

「で、何を作るんだ？」

デボットさんが興味深そうに鍋を覗く。

「もう作ってきたんだ。ポルクスさんお手製の牛乳シチューとポテトフライ！　安くて食べやすいでしょ？」

【ミヅキ、その鍋がのるかまどを作るのか？】

【うん！　お願い出来る？】

やっぱり出来るフェンリルは違うね！

頼む前にやって欲しい事が分かるなんて。

ありがとう～とシルバに抱きつき褒めてやるとシンクが火をつけてくれた。

【二人とも凄い！　なんでやって欲しい事が分かるの⁉】

シンクも同じように沢山褒める！

【そりゃミヅキといればなぁ】

【ミヅキの事なら分かるよー】

二人にはお礼に目一杯モフモフしてあげた。

「ミヅキ、シチューが温まったぞ！」

「はーい！」

鍋を混ぜていてくれたデボットさんから呼ばれて、モフモフタイムは終わった。

【じゃシンク、少し火を止めておいていいよ！　ありがとうね】

シンクを優しく撫でると器の準備をする。

「この木の器とてもいいですね」

マルコさんが木の器を眺めていた。

「陶器もいいですけど割れやすいし、外では木の方がいいですよね」

「これは、ミヅキさんが？」

「シルバと風魔法で作りました。シルバのおかげでとっても上手に出来たの」

スプーンもあるよと見せると、マルコさんはしげしげと見ながら持ち上げかざしたりしてる。

「魔法をこのように使うとは。しかし魔法が得意なシルバさんとミヅキさんだから出来たのですね」

器を眺めて残念そうにしている。きっとどうにか商品に出来ないか考えていたんだろうな……なんか最近マルコさんの考えてる事が分かるようになってきた。

「しかしこの前の温める魔法といい、この魔法といい、ミヅキさんの発想は独特ですね？」

「そうなのかな？」

よく分からずに首を傾げる。

「もう王都でミヅキさんにちょっかいを出す貴族はいないとは思いますが、商人にとってもミヅキさんはとても興味深く、欲しがる方が多そうです。あまり他では見せないようにしてくださいね」

心配そうに言われるので素直に頷いておいた。

これ以上何かに巻き込まれたらベイカーさんにまた怒られかねない。気をつけないと！

そうこうしてるうちに牛乳シチューのいい匂いが周囲に広がったようだ。

【ミヅキ、誰か来たぞ】

シルバに言われて建物の方を見ると何か動く影が……しかし警戒してか近づいてこない。

「やっぱり警戒してるな」

デボットさんが近づこうとすると、サッと逃げてしまった。

「しょうがない。デボットさん食べていいよ。残っちゃってももったいないしシルバとシンクも食べる？」

【食べる！】

デボットさんとマルコさんにシチューをよそって渡すと二人共美味しそうに食べ始める。

【はい、シルバ、シンク熱いから気をつけてね】

二人にも器に入れて置いてあげると、建物の陰にいた少年が羨ましげに顔を出した。

私は目が合うとニコッと笑う。

「よかったらどうぞ。余ってももったいないから食べてみる？」

牛乳シチューをよそって差し出すが、少年の顔は歪んだ。

「金はない！」

少年が悔しそうに叫んだ。

「お金は取ってないよ。見てたでしょ？　この子達が払えると思う？」

そう言ってシルバとシンクを撫でると、建物の陰から一歩出てきたが顔は険しく睨みつけてくる。

「食べたら眠くなって、連れてかれるんだ」

「えっ？」

少年の言葉にびっくりしてしまう。

「きっと人攫いが使う手でしょう。そうやって捕まえて奴隷商に売るのですよ」

マルコさんの説明に悲しくなる。私は牛乳シチューをよそって少年の目の前で食べてみせた。

ゴックン。

「ああ美味しい。見てた？　何も入ってないよ、入ってたら私も眠くなるはずでしょ？」

そう言って一口食べたシチューを差し出した。

「何が狙いだ！」

「狙い？　うーん、とりあえず食べてから教えるよ」

「怪しい！　出てけ！　もう二度とここに来るな！」

私の持っていた器をバーンと叩き落とすと少年は建物の陰へと消えて行った。

「ミヅキ！　大丈夫か？」

デボットさんが私の手を見るとシチューがかかった所が赤くなっていた。

「ミヅキ！　火傷してるじゃないか！　マルコさん何か冷やすものは！」

デボットさんが慌てて私を抱き上げると、その上にシンクが飛び乗った。そして軽く回復魔法をかけるとあっという間に赤みが消える。

「おお、凄いなぁ！」

デボットさんが驚いて私の手を確認する。

【シンクありがとう。でもこれくらい大丈夫なのに】

「デボットさんもありがとう、これくらい全然平気だよ？」

【駄目だよ！　次会ったらあの子供同じ目にあわせるから！】

シンクがやったら火傷じゃ済まないよね……

【大丈夫、私達があの子達の縄張りに来ちゃったんだからしょうがないよ。たまたま手にかかっちゃっただけだから】

「どうするんだ？　あんなに警戒されてたら話なんて聞いてくれる訳ないだろ？」

「デボットさんはダメだなぁ。そんなたった一日でどうにか出来るなんて思ってないよ。何日も、何回も訪れてそうやって信頼関係を築いていかないとね！」

「そんなもんか？」

デボットさんはピンとこないようだった。

「驚かしてごめんねー、またお昼頃に来るねー！」

聞こえているかもわからなかったが大きな声で少年が消えた先に向かって声をかけた。

牛乳シチューをそのまま置いて私達は一度帰る事にした。

「また昼に来るのか？」

「うん、約束したからね」

「約束って、相変わらず一方的だなぁ」

デボットさんがしみじみと言う。

「ふふふ、デボットさんの時だってそうでしょ？　でもデボットさんは守ってくれたじゃない」

「ああ、何だか酷く昔に感じるが確かにそうだったな。勝手に約束させられて、あれには本当に参ったよ」

困った顔をしながらもなんだか嬉しそうに話すデボットさんにウインクする。

「約束は守らないとね！」

◆

「リュカ兄、さっきの人達なぁに？」

「わからねぇから、うかつに近づくなよ」

「でもなんか優しそうな子だったよ？」

「ダメだ、油断するな！　そうやって優しい言葉をかけてきた奴に何人の仲間が攫われた？」

脅すつもりはないがこれくらい言わないとここのチビ達はついて行ってしまいそうだった。

俺達は血の繋がりはなく、皆ここに捨てられた子供だ。

一人では生きていけず、寄り添いどうにか暮らしている。

「でも、何だかとってもいい匂いだよ？」

さっきの変な集団が置いていった鍋から、いい匂いがずっとしていた。

誰のものか分からない腹の虫が鳴り響く。匂いにつられ動物達が集まってきた。

俺が叩き落としたスープの残骸をぺろぺろと美味しそうに食べている。

「俺が味見してみる。もし倒れたりしたら家に運んでくれ。テオ、何かあったらあとは頼むぞ」

テオは俺の次に大きい男の子で、しっかり者だが口数が少ない。テオは分かったと無言で頷いた。

俺は鍋に手をかけると隣に置いてあった器に少しだけスープをよそう。

器を手に素早く皆の元に戻ると恐る恐る口に運ぶ。

大丈夫だ、さっきの奴らも同じ物を食べていた。何か入れてる様子もなかったはず。自分に言い聞かせて目を瞑り、一気に飲み込むと優しい味が口に広がる。

「美味い」

思わず本音がこぼれる。あまりの美味しさに動けずにいた。

「リュカ兄！」

「リュカ！」

「やっぱり毒だったんだ……」

皆が悔しそうに目に涙を溜めだした。

「リュカ、大丈夫なのか？」

テオが顔を覗き込むと心配そうに声をかけてくる。

「あ、ああ、今の所大丈夫だ。こんな美味いもの初めてでびっくりした。おい！　あの鍋ごと家に運ぼう。お前達も絶対食った方がいい！」

俺は立ち上がると一目散に鍋の所に走り出した。一番警戒していた俺の行動に皆が呆然とするが、家に戻りスープを口にすると俺の言った意味が分かったようだ。

「なにこれ……」

「温かくて美味しい〜」

「まだある？　おかわりしてもいい？」

皆が囲んで争うように食べると鍋の中身はきれいさっぱりなくなった。

「ふぅ……」

久しぶりの温かいご飯と満腹感に皆が満足そうに横になる。

「お腹いっぱいで何だか眠くなってきた……」

一人が欠伸をすると、あぁーと皆も釣られるように欠伸をする。

俺もなんだか瞼《まぶた》が重い。

やっぱり何か薬が入っていたのかも……そう思うが眠くて抗えない、見れば皆眠りについている。

起こそうと思うがいつの間にか自分も寝てしまっていた。

「……、……、リュ……、リュカ！」

テオの声に瞼《まぶた》を開ける。久しぶりに夢も見ずにゆっくりと眠れた気がした。

うーんと伸びをして起き上がる。

「あれから皆寝ちゃったんだ、別に何ともなかったけど」

テオは起きてきた俺にほっとしていた。

「テオも寝たのか？」

「いや、俺は寝てない。少しウトウトしただけ」

じゃあ薬って訳じゃなかったのか？

「どうするんだ？　さっきの人達がそろそろ来るかもしれないよ。また昼に来るって言ってただろ？」

そういえば一方的にまた来るって大声で叫んでいた事を思い出す。

「テオはこいつらを見ていてくれ。俺はさっきの場所にまた来るか見てくる」

俺は先程の広場にかけて行った。お腹いっぱいご飯を食べたからか体調がいい！

いつもより速く走れる事に気持ちが高ぶった。

◆

「あっ鍋がない」

私達が先程の場所に戻ってくると置いておいたはずの鍋と器がなくなっていた。

「あいつらが持っていったんだろう」

デボットさんが言う。

「あげるつもりだったからいいんだけど、ちゃんと食べてくれたかな？　とりあえず次のスープも温めようか」

私はまた鍋を取り出した。

「牛乳の次はトマトか、これも美味そうだなぁ」

デボットさんが掻き混ぜながら鼻をピクピクさせて匂いを嗅いでいると物音がした。

「また来たのか！　もう来るなって言っただろ！」

姿は見えないが先程の少年の声が響いた。

「そんな事言ってさっきの鍋はどうしたんだよ？」

デボットさんが挑発するように叫んだ。

「こらデボットさん！　ごめんね、さっきの鍋はあげるつもりだったからいいんだよ。また違うスープを持ってきたけど、おかわりどうかな？」

私はトマトスープを器によそうと、また一口食べて差し出す。

「さっきのスープを飲むと眠くなったんだ、やっぱり何か入れただろ！」

「えーなんも入れてないよ？　だって皆飲んだけど寝てないよね？」

デボットさんやマルコさん達を見る。なんで眠くなったんだろ？

おかげでまだ警戒されているようだ。

仕方ないので鍋を置いて帰ろうとすると、沢山の足音が聞こえてきた。

「待ってー！」

「スープ飲みたい！」

「僕が先！」

器を持った子供達が凄い勢いで近づいてきた！

「プッ！」

思わず笑うと子供達はキョトンとしている。

「ごめん、ごめん。はい、じゃ一人ずつね」

一番小さい子から器を受け取るとスープをよそって渡す。

「今度は、トマトと肉団子のスープだよ。熱いから気をつけてね」

そう言って順番に渡してあげた。

「お前ら何してるんだ！」

先程の少年が慌てた様子で出てきた。仲間の出現に急いで駆けつけてきたようだった。

「リュカ兄！　だって、また食べたいんだもん！」

「美味しいから大丈夫だよ！」

「また眠くなったら連れてかれちまうぞ！」

そう言って私の方を見る。なので安心させる為にニコッと笑いかけた。

リュカと呼ばれた子は怒りか照れか、顔が赤くなった。

「別に無理やり連れてったりしないよ。でももしこの美味しいご飯が食べたいならついて来ても構わないよ！」

「ほらみろ！　やっぱり連れていこうとしてるじゃないか！」

「だーかーらー来たければおいでって言ってるの！　嫌ならずっとここにいればいいよ。この何もない場所に……」

こんな事は言いたくないけど自分達がいる場所が寂しい場所だと伝えたかった。

「そ、そんな事言われたって騙されないぞ！　俺達を連れてってこき使う気だろ！」

リュカはいい所をつく。

「それは本当かな、仕事はしてもらうよ。タダでご飯を食べるなんて出来るわけないじゃん。ちゃんと働いて、働いた分だけお金とご飯をあげる」

「働く？　お金と飯？」

リュカが訳が分からねぇと警戒を強める。

「まぁとりあえず冷めちゃうから食べて、そこの子はいらないの？」

リュカとリュカの後ろにいた男の子を見つめる。

「テオ⁉」

リュカは驚いて後ろの子に詰め寄っていた。

「皆で食べると美味しいよ、ここに置いとくから食べたくなったら食べてね」

揉めてるリュカは無視してご飯を置いてその場から少し離れる。

小さい子達はもうすでに一杯目を食べ終えて二杯目に突入している。どうやらこの味も気に入ってくれたみたいだ。

「美味しそうに食べる姿にリュカがゴクンと唾を飲む。そして恐る恐る器を手にスープをよそっている。その姿に思わずガッツポーズをした。

「食ったな」

「あれは美味しいですから」

一緒に覗いてたデボットさんとマルコさんもなんだか楽しそうに笑っている。さっきは牛乳の優しいスープだったから、今回はお肉入りのガッツリ系スープにした。

ハンバーグと同じ材料のタネを一口大にして表面を焼いてからスープにぶち込んだのだ！

リュカ達はまん丸のお肉に驚きながらも夢中で食べている。

今回の鍋もしっかりと食べきったみたいだ。そんなに作ってきていないとはいえ、かなりお腹がいっぱいになるだろう。案の定小さい子達が地面に寝転び寝てしまっていた。

「あんな所で寝たら風邪引いちゃうよ……」

私は心配になって布を取り出して子供にかける事にした。

そっと近づくと「何してるんだ！」とリュカが声をかけてきた。

「寝ちゃったみたいだから布をかけとくね。こんな所だと風邪引いちゃうし」

「連れて行かないのか？　今ならチャンスだろ？」

何もしない事を疑問に思っているのだろう。

「だから言ったじゃん、来たい子だけでいいって。無理やり連れてったりしないよ」

そう言って帰ろうとすると、向こうから声をかけてきた。

「働けば……この上手い飯がまた食えるのか？」

振り返り、ニコッと笑い頷く。

「もちろん！　でもちゃんと働かないと駄目だよ！　働く気になった？」

「こいつらが起きたら話し合ってみる」

前向きな言葉に嬉しくなる。

「うん！　他にも働きたい子がいたら声かけていいよ。私はミヅキ、また明日ここに来るね！」

「分かった……」

そう言って頷く。いい子にはご褒美だ！　私は収納魔法でフライドポテトを取り出した。リュカは何もない空間から出てきたいい香りのポテトを凝視する。

「これね、芋で出来てるの。もし他にも来たい子がいたらあげて。まぁ来たくなくてもあげていいけどね」

そう言って沢山のポテトをリュカ達に持たせると今日は帰る事にした。

◆

「どうすんの……リュカ？」

「お前はどう思う？」

ミヅキという女の子が去っていった方向を見つめ、テオからの質問に質問で返す。

「チビ達は行きたいって言いそうだな。でも怪しくないか？」

「ああ、あんなに美味しいものを無償で渡して……怪しすぎるよ」

そう思いつつ、帰り際に貰った芋を一口食べる。

「お、おいテオ！　これ食べてみろ！」

いきなり興奮した俺に冷めた目を向けつつ、テオが芋を食べる。

「これ本当に芋？　芋ってもっとパサパサして味がないよね？」

あまりの美味しさに止まらず一袋を二人で食べきってしまった。

「あいつ、何者なんだ？」

俺とテオはどうするべきか悩み呆然と立ち尽くしていた。

◆

今日もスラムに向かおうとシルバやデボットさん達と歩いていると、街の中で悲鳴が聞こえた。

悲鳴の方を見ていると、昨日のテオという子が慌てた様子で街の中を走っていた。

悲鳴はテオを避けようとした人達から出たもののようだ。

「はぁはぁ……」

肩で息をして汗を大量に流している。何かを捜すようにキョロキョロと周りをうかがっていると私と目が合った。テオの顔を見て捜していたのは私達だと分かった！

慌ててテオに駆け寄り声をかける。

「昨日のテオだよね？　どうしたのこんな所で」

デボットさん曰く、スラムの子供はこんな街中を堂々と出歩かないらしい。

きっと何かあったのだろう。

「はぁはぁ……ミ、ヅキ、助け……て、リュカ……が」

息があがり思うように喋れない、顔からは汗なんだか涙なんだか分からないものが流れ落ちる。

「テオ！　落ち着いて、ゆっくりでいいよ息を吸って！」

背中をさすってやると汗でびっしょりだった。きっとここまで休む事なく走ってきたのだろう。

ゆっくりと回復魔法をかけた。テオはすぐに気分が良くなったのか、自分の体を見て驚いた顔をする。

しかしすぐに用事を思い出したのか地面に頭をついた。

「ミヅキ！　お願いだ、助けてリュカが……」

「分かった。すぐ行くよ、シルバ！」

テオの言葉を最後まで聞かずにすぐに用意する。

【シルバ、テオも乗せてくれる？】

【ミヅキの頼みならしょうがない】

シルバが唸るといい子だと頭を撫でる。

「テオ、シルバに乗って！　すぐにリュカの元に案内して！」

「ミヅキ待て！　そいつが嘘をついてたらどうするんだ！」

デボットさんが私を止めようとするのを払い除ける。

「友達のためにこんなに一生懸命走ってくる子が嘘なんてつくはずない！」

私が確信を持って叫ぶとデボットさんが一瞬怯む。だがすぐにキッと睨まれる。

「駄目だ！　ベイカーさんを呼んでくる。それまで待っていろ！」

デボットさんがシルバの前に立ちふさがる。

「リュカ……」

テオが心配そうにリュカの名前を呼び私の服をギュッと握った。それを見て覚悟を決める。

「デボットさんごめん！　私はテオと行く！」

【シルバ行って！】

【いいのか？】

【シルバとシンクがいるもん！】

ね！　とシルバ達をみた。

【ああそうだな、俺がいてミヅキが傷つく事なんてありえん】

【だね！　僕も頑張る！】

【さすがシルバとシンク！】

「デボットさん！　シルバ達が守ってくれるから大丈夫だよ、テオ行くよ！　もっとしっかり掴まって」

私はテオの手を掴むと自分の腰に回させた。テオがギュッと力を込めるのを確認すると、シルバに合図する。シルバは目の前に立つデボットさんを軽々と越えて行った。

「あいつ……マルコさん急いで戻りましょう。ベイカーさんに伝えないと、ミヅキー！　無理するなよー！」

デボットさんの声に分かったと手を振るがきっと見えてないだろう。

「テオ、あの広場に行けばいいの？」

シルバの速さに慣れていないからだろう、テオが目を瞑って固まっている。

「う、うん。そこからは家まで案内する」

「向かうまでに教えて、何があったの？」

「昨日ミヅキから芋をもらったでしょ？　あれを周りのスラムの子達にも配ったんだ」

皆に分けたと聞いて優しい子達だと感じる。

「そしたらスラムの大人達が匂いを嗅ぎつけてきて、芋を根こそぎ奪っていこうとしたんだ。そんなのよくある事だから、俺達はすぐに諦めたんだけど一番小さいミトが諦めきれなくって、あいつらの足に噛み付いて……」

私がポテトをあげたばっかりにそんな事に……

「ミトは平気？」

「噛まれた奴が怒り狂ってミトを蹴飛ばしたんだ。それを止めに入ったリュカが今度は殴られて、その間に芋を食ってた奴が騒ぎ出してどこでこれを手に入れたんだって……」

「ごめん、私のせいで……」

私はテオに心から謝った。皆にも今すぐ謝りたかった。

「違う！　そんな事が言いたいんじゃない。リュカだってそう思ってる。だからリュカは何度殴られたってミヅキの事を喋らなかったんだ！」

「リュカ……」

「奴等はそのまま気を失ったリュカを連れてっちまったんだ、どうしようって……何も考えられなくて。その時ミヅキの顔が浮かんできて、助けてくれるかもって、巻き込んでごめんなさい」

テオは私に話しながら冷静になっていったようだ。

「なんで謝るの？」

「だって！　せっかくリュカが秘密を守ったのに……」

テオが私の顔が見られないのか下をむく。

「こんな話を聞いて助けてくれる人なんていない、今までだって何度助けを求めたか……スラムの子の話なんて誰も気にも止めないのは分かってる。でももしかしたらと思って……」

話を聞いてるうちに広場に着いた。シルバが止まると私が先に降りる。

「降りろって事だね……ここまで送ってくれてありがとう。あとは自分達でやるよ」

テオが悲しそうな顔でシルバから降りた。

「何言ってるの？　家はどこ。その大人達の住処は？」

私は顔をずいっと近づける。テオは周りを見て私と初めてあった広場にもう着いたのだと気がついた。

「リュカを助けてくれるの？」

「当たり前でしょ！」

私は躊躇《ためら》わずに答えた。

「こっち！」

テオが私達を案内するために先を走る。家の代わりに使っていると思われるボロボロの小屋の前には小さい子達がぐったりと座り込んでいた。

「ミト！　ディア！　ラバ！」

テオが駆け寄ると顔を腫らした三人がごめんなさい、ごめんなさいと呟いていた。その体は傷だらけだ。

「どうした？　なんでお前達までやられたんだ？」

テオがディアに聞く。

「テオが出て行ってから少しして、またアイツらが来たの。リュカの目の前で僕達を殴って、知ってる事を話せって……」

殴られた恐怖からか体が震えている。私はすぐに回復魔法をかけて、体をさすってあげた。

「リュカは喋るから僕らを叩くのやめろって叫んでた……そのあとはよくわかんない。何も覚えてない」

きっと気を失ってしまったのだろう。

「どうしよう。リュカ、大丈夫だよね？　帰ってくるよね？」

ディアが心配そうにテオに問いかけるが、テオは何も答えられないでいる。

ディアがまた泣きだしそうになってしまった。

「大丈夫。リュカを連れ戻しに行こう！」

私は不安そうにしている四人に力強く答えた。

「おねえちゃんが……助けてくれるの？」

「正確にはシルバ達がね！」

そう言ってシルバとシンクを撫でると、強そうだねとディアが怯《おび》えて後ずさりする。

「テオ、その大人達のいる場所が分かるの？」

テオは頷いた。

「多分、スラムで一番綺麗な屋敷跡だと思う」

「じゃ急いでそこに行こう！　ディアはこの二人を見ててくれる？」

ディアは分かったと頷いた。

「テオ、おねえちゃん……リュカを助けてね」

ディアが助けを求めるように私に手を伸ばし触ろうとしてその手を引っこめた。

自分の手の汚れを同じように汚れた服で拭いていた。私は構わずにその手を掴んだ。

「ディア！　リュカは絶対連れ戻してみせるから安心して待っててね！」

【シルバ行こう！】

「テオはまたシルバに一緒に乗って、道を案内して！」

その時、私は大事な事を思い出した！

「あっ！　ディアもし昨日私といた人達が来たら、今の事を伝えられる？」

ディアは昨日の大人達を思い出したようで頷いた。

「とっても頼りになる人達だから信じてね」

そう言い残し私達はリュカの救出に向かった！

「狼さん、次の建物をあっちです！」

テオがシルバに向かって左の方を指さす。

【シルバ左だって！】

【分かった】

「あの壊れた時計が見える建物の所です！」

【飛ばすぞ！】

ドンッ！　シルバは軽く建物を飛び越え、大きな音をたてて着地した。

物音に気がついたのか建物からゾロゾロとガラの悪い男達が出てくる。

「なんだお前達？」

いきなり現れた私達に怪訝《けげん》な顔をした。

「お、おい……あれってこの前ドラゴンと戦ってた狼じゃないか？」

男の一人がシルバを指さすと、震えながら声を出す。

「確かゼブロフ商会を潰したって噂のA級冒険者の従魔だろ？　なんでこんな所にいるんだ？」

私達の事はそっちのけでシルバの事が気になるようだった。

「あなた達、さっきリュカって子供をさらったでしょ！　今すぐ帰して！」

私が男達に怒りながら叫ぶと、様子をうかがっていた男達が鼻で笑う。

どうやらドラゴンと戦ってた狼がこんな子供といる訳がないと判断したようだ……

こんなにかっこいいフェンリルが何匹もいるはずないのに……

「こんな所に可愛い子供がどうしたの？　お兄ちゃんとはぐれたのか？」

「あの子ならもうお菓子をやって帰したよ」

ギャハハハ！　と笑いながらからかってくる。

【ミヅキ……殺ろうか？】

シルバは男達の態度に怒りが収まらないようだ。

【殺しちゃ駄目だよ。裁きは人に任せればいいの。シルバがこんな人達の為に汚れる事ない】

シルバに優しく手をのせると怒りが治まったのか穏やかな雰囲気になる。私といる時のシルバは本当に可愛い。だから甘えるシルバの様子に男達が話題の狼ではないと思い込んでしまった。

「こんな弱そうな獣じゃなかった。こいつはあの獣とは違う奴だ！」

そう誰かが言うとニタニタしながら私達の周りを囲もうとする。

テオが徐々に逃げ場がなくなる事に怯《おび》えて震え出す。私はそっとテオの手を握りしめた。

「大丈夫、シルバはすっごい頼りになるの。かっこいいし可愛いし強いし最強なんだよ！　だから安心して」

ニコッと余裕の笑みを見せると、テオの震えは止まっていた。

【さてと、俺を弱そうだとは言ってくれるな】

【こいつら馬鹿で救いようないね！】

シンクが呆れている。シルバは男の一人に狙いを定めて威圧を放った。

すると威圧をまともに受けた男は泡を吹いて顔から倒れた。

「お、おい急にどうしたんだ？」

威圧を感じていない他の者は何が起きたのか理解出来ずにいるようだった。

ザンッ！

今度はシルバが前脚を軽く振る。男の目の前の地面が抉れ、その様子に男達が無言でシルバを見つめる。シルバは唸り、牙を見せると軽く威圧を放ち男達の動きを止めた。

「や、やばい！　やっぱり普通じゃねぇ、あの時の獣なんだ！」

「か、体が動かねぇ」

もうすでに気を失っている者もいた。

「リュカはどこ？」

私は男達にもう一度聞く。

「リ、リュカってなんだ？　さっきのガキか？」

「お前達が連れ去った子供だ！」

私が怒りから更に叫ぶ。

「ここだ」

するとぐ建物の中から、ぐったりと動かないリュカを盾《たて》にするように抱えながら体格のいい男が出てきた。

「「お頭！」」

「お前らこんな子供相手に恥ずかしくないのか」

「だ、だけどこの狼やばい、体が動かねえんだ」

ヒュンッ！　お頭と呼ばれた男が泣き言を言った男の一人に小さいナイフを投げつける。

「ギャッー！」

ナイフは男の足に一直線に飛んで足を貫通した。

「ほら、動けただろ。他の奴らも刺激を与えてやれ！」

そうやって男達の体を傷つけて威圧を解いていった。

【何やってんだ？　こいつらは】

シルバが相手に呆れていた。

「ほら、お前らの目当てはこいつだろ？　返してやるから情報をよこせ！」

「はっ？　情報？　何を言ってるの」

私はまだリュカを盾《たて》に使おうとするお頭を睨みつけた。

「こいつらは上手い飯を独り占めした。俺達はここに住む仲間としてそれを共有しようとしただけだ。どこで手に入れたのか言えばいいだけなのにこいつが口を割らねぇもんだから、少しだけ制裁を加えてやったんだ」

お頭は当然のように喋り出す。

「ふーん、あの芋の揚げたのでしょ？　あれは私がリュカ達にあげた物だよ」

【お、おいミヅキいいのか？　ベイカー達に言うなって言われてるだろ】

シルバが突然の私の告白に慌てて止めようとする。私はシルバの忠告を無視して話を続けた。

「あの美味しいご飯は私が作って皆にあげたんだよ。さぁ情報を教えたよ！　リュカを返して！」

お頭は私を見つめてニヤッと笑った。

「じゃあお前とこいつを交換だ」

「なんで私があんた達の所に行かなきゃいけないの？　情報と交換て言ったじゃん」

「その情報を聞いて状況が変わったんだ、お前はこれから毎日俺達にあの食べ物を作るんだ！」

シルバがグルグルと唸って私の前に出ようとするが優しく引き止める。

「おっと、その狼に下手な事させるなよ。こいつがどうなってもいいのか？」

リュカの首をグッと掴むと前に出した。

「お前とこいつの交換だ、お前が来たらこいつはそっちに投げてやる」

「投げたりしたら許さない」

ボソッと呟くと、落ち着くために深く息を吐く。

「おじさんさー、すっごい理不尽な事言ってるって分かってる？　もし次、約束を破ったら……私だって黙ってないよ……」

「ははは、お前みたいな子供に何が出来るんだ？」

【シルバ、後ろの建物に人の気配はある？】

【いや、誰もいないぞ】

私の怒気にシルバの尻尾が下がる。シンクもいつの間にか移動してシルバの上に止まっていた。

【あいつら、俺に殺られてればいいものを】

シルバは私が怒っているので大人しくしていた。

「おじさん、あんまり人を見た目で判断しない方がいいよ……子供を舐めるな！」

私は手を地面に付けると怒りを込めて土魔法を放つ。

「地盤沈下」

ドンッ！　地面から大きな音と共に衝撃が走る！

男達の住処が崩れ落ちる。その様子を皆口を開けたまま眺めていた。

「おじさん、こんな事出来る私だけど交換する？」

ニコッと笑って見せた。

「バ、バケモン……」

お頭は怯《おび》えながら目の前の私を見つめる。

【ミヅキをバケモンだと！】

お頭の失言にシルバが前に出て風魔法を放った。

「ギィヤァー！」

お頭の腕が吹っ飛ぶと、支えを失いリュカが地面に落ちた。

私はすぐに駆け寄りリュカを抱きかかえる。呼吸をしていて安心した。

「よかった……」

【シンク！】

リュカに回復魔法をかける。

「リュカ！」

テオも駆け寄りリュカに抱きついて泣いている。

「か、回復魔法！　お、俺の腕も治してくれ！　お願いだ！」

お頭は自分の吹っ飛んでいった腕を掴み前に差し出す。

「私がおじさんの腕を治すの？　なんで？」

「なんでもする！　金も払うから！」

お頭は必死に頼み込んできた。

「ふーん、なんでもするんだ？」

私は男の言葉に思案する。

【シンク、このおじさんを治してあげて】

私の言葉にシンクが「えー！」と嫌そうな顔をした。

【こいつ、ミヅキをバケモンって言ったんだよ。こんな奴このままでいいよ！　そうだ、バランスよく反対の腕も取っちゃえば？】

「シンク、反対の腕も取っちゃったら両腕がなくなっちゃうよ」

私の呟きに男が後ずさる。

「もうこんな事しない！　だから、だから……許してくれ……」

頭を地面につけて目から鼻から汁を流し懇願するお頭に冷たく声をかける。

「治してあげる。その代わりちゃんと約束を守ってもらうよ」

「分かった！　いや、分かりました！」

「おじさん、腕を自分でくっつけて」

男は唸りながら腕を傷口に合わせる。シンクがさっさと回復魔法をかける。

【はい、軽く付けといたから無理したら知らないよ】

【うん、それでいいよ】

私の肩に戻ってきたシンクを優しく撫でてやり、ありがとうと可愛い頭にキスをする。

「さぁ腕を付けたよ」

お頭は繋がった腕に感動して何度も動かし確認している。

「あんまり動かすとまた取れるよ、じゃあ約束通りお金を払ってもらおうかな」

私はお頭の前に仁王立ちする。

「い、いくら、払えば？」

「金貨十枚！」

「金貨十枚！　そんなの無理だ！」

お頭は青い顔でブンブンと首を振った。

「なんでもやるんだよね？　それともその腕やっぱり元に戻す？」

私がそう言うと、後ろでシルバが前足をあげた。

「ひぃ！　分かった！　だけど、そんな大金が稼げりゃこんな所にいねぇよ」

「そんなの知らないよ、自分がなんでもするって言ったんでしょ」

私が冷たく言い放つと、お頭は気まずそうに顔を歪めた。

「一気になんて言わないよ。毎日でも週一回でもいいから稼いだお金を払いに来て。逃げたりしたらこの子と捕まえに行くから、その時は腕の二本は覚悟してね」

シルバを撫でながらニッコリ笑う。

【ミヅキ、セバスに似てきたな】

シルバがチラッと私の顔を見た。セバスさんに似てきたとは光栄だ！

「あと、汚いお金は受け取らないから。ちゃんと真っ当にお金を稼いでね。人を傷つけて稼いだお金を持ってきたら、それこそ覚悟してもらうからね、分かった？」

おじさんに確認を取ると、ブルブルと震えて頷く。

「わ、分かったけど俺なんかを雇ってくれる所なんて……」

「そんなの知らないよ、今まで自分がしてきた行いが全部返ってきてるんでしょ。自業自得《じごうじとく》だよ」

私は他の男達の傷も順番に癒した。

「あなた達も同じだから、まぁ傷が浅いから金貨五枚ね。そこのお頭さんと一緒に働いて持ってきてね」

男達に宣言する。

「じゃお金の届け先はドラゴン亭ってお店によろしくね。もし二週間して来なかったら、見つけに行くから……シルバ、嫌だろうけどこの人達の気配と匂いを覚えておいてくれる？」

【ミヅキに暴言を吐いたヤツらだ、すぐ分かる】

「ふふ、やっぱりシルバは凄いなぁ……もう皆の気配を覚えたんだって！　これでいつでも探せるよ。あっ、ちなみにシルバは隣町まですぐに行けるぐらい足が早いからね」

よかったねと笑いかけると、皆青い顔で項垂《うなだ》れる。

やはりまずは逃げる事を考えたのだろう。

「おじさんの名前は？」

お頭と言われていたおじさんの前に行って名前を聞く。

「ギース……です」

小さい声で答える。

「ギースさん、お店に来るの待ってるよ」

そう言って笑顔で笑いかけた。

◆

ギースさん達が呆然と座り込むなか、大勢の足音が近づいてきた。

【誰か来るなぁ】

シルバがうんざりしながら教えてくれる。

「そこにいる者、止まれ！」

声をかけた人物を見ると、カイト隊長達と同じ軍服を来た兵士達が駆けつけてきた。

あれは確か……第二部隊のガッツ隊長……だっけ？　王宮で見かけた時の事を思い出す。

「先程の崩落はなんだ！　事情が分かる者は前に出ろ」

隊長が周りを見渡すと私と目が合った。

「あなたは……」

シルバとシンクを見て気がついたようだ、慌てた様子で側に駆けつけてきた。

「ミヅキ様とお見受け致します」

そう言って大きな体で膝をつく。

「もう、やめて！　普通に接して下さい。特別な態度は嫌い！」

次々おこる事に苛立ち、つい厳しい口調で言ってしまった。

「申し訳ない……」

ガッツ隊長はどうしようかとオロオロしている。

「あっ、ごめんなさい。苛立ってしまって隊長さんにあたってしまいました……でも普通に接して下さればいいんで、立って顔を上げてください」

私の言葉に従うべきか迷っている。

「出来ないならカイト隊長を呼んでください」

その言葉にバッと立ち上がる。

「いや、出来ます！　そ、それではミヅキ……さん、ここで何があったのですか？」

「えっ？　ああ、ちょっと友達に会いに来たら嬉しくなって建物が壊れちゃっただけ、お騒がせしてすみません。もう帰るところだから」

ねー！　とギースさん達を見ると、うんうんと頷いている。

「えっ、しかし……この様な者達と友達なのですか？」

ガッツ隊長が納得いかない顔をしてギースさん達を鋭い目付きで見つめた。

ギースさん達はその圧力に目を逸らしてしまう。

「第二部隊の皆さんは何してるの？」

私はガッツ隊長の視線に割り込んで質問する。

「我々は街を巡回中でしたが、凄い音と共に建物が崩れ落ちるのが見えたので急いで駆けつけました」

そうなんだ、やりすぎたか？　ベイカーさんがいなくてよかった……

そう思って胸を撫で下ろしていると「ミヅキー！」とベイカーさんの声がした。

「ヤバッ！」

噂をすれば……そおっと後ろを振り返るとベイカーさんとデボットさんが怒りながら近づいてきた。

「ミヅキ！　今度は何したんだ！」

ベイカーさんはもう何かした事を前提に話している！　まだなんにも言ってないのに！

「待って！」

両手を出してベイカーさんを止める。

「なんにもしてない！　ねっ、ねっ！」

周りの同意を得ようと必死に振り返ってウインクすると、ギースさん達が呆気に取られていたがハッとしてコクコクと頷く。

「ほら、なんもしてないよ！　シルバがいるから平気だって言ったじゃんデボットさん！」

デボットさんが息を切らしながら近づくとギュッと無言で抱きしめてきた。

「デ、デボットさん？」

「この野郎、大丈夫だって分かってても心配なんだよ……」

デボットさんの言葉がグサッと胸に突き刺さる。

「うん、心配してくれてありがとう。でも大丈夫だから、怪我もしてないしシルバもシンクもいるんだよ？」

「分かってる、分かってるけど……お前はまだ子供なんだ、俺達大人達にもっと頼ってくれよ」

デボットさん……優しいデボットさんの頭を撫でてあげる。

「ありがとう。でもね、頼りにしてるんだよ？　何かあっても駆けつけてくれるって……」

デボットさんは本当かよと疑いながら周りの様子を確認する。

「ミヅキ……」

すると次々に人が集まったからかテオが不安そうに私の名前を呼んだ。

「ガッツ隊長、もういいかな？　この子達を家に送ってあげたいから」

そう言ってテオとリュカを見る。

「し、しかし……」

周りを確認するが誰も怪我もなく何もないと言っているので、手の出しようがないのだろう。

「また、何かあればお伺いします」

ガッツ隊長は渋々といった感じで承諾した。

「はい！　了解です。じゃお仕事頑張って下さい！」

そういうと今度はギースさん達を見る。

「じゃあギースさん私達行くね！　近いうちにドラゴン亭で待ってるね」

バイバイと笑顔で手を振った。

「デボットさんとベイカーさんは二人を運んであげて！　いや〜二人が来てくれて助かったーやっぱり大人に頼らないとねー」

そう言う意味じゃないとデボットさんは項垂《うなだ》れるが、言われるがままリュカを持ち上げる。テオは自分で歩けると私の横をついて歩き出した。

「で？　ミヅキ、本当は何したんだ？」

ベイカーさんがジロッと私を見てくる。

やっぱりベイカーさんは誤魔化せなかった。これまでの経緯を正直に話す。

「まぁ……ミヅキにしては大人しい方か」

「でしょ！」

私が褒めて！　と顔をあげると……

ゴツン！　ベイカーさんから拳骨を貰う。

「でしょ！　じゃない！　全く、先に俺に言いに来いよ」

「だってそれじゃあ間に合わないと思ったんだもん……」

私達のやり取りにデボットさんがマジかと驚愕する。

デボットさんは私達がキャッキャッと話す様子をしらけた目で見つめていた。

◆

リュカ達の家に戻るとミトとディア、ラバが起きていた。リュカの姿を見て駆けつける。

「リュカー！」

声をかけるがリュカからの反応はない、まだ気を失ってから目覚めてなかったのだ。

それに気が付きミトがテオに聞いた。

「なんでリュカ起きないの？」

テオは悲しそうにミトの頭を撫でながら答える。

「わかんない、傷は癒えてるのに……」

四人の落ち込んだ姿を見て、私はリュカの頭を優しく撫でる。

「リュカ、皆が心配してるよ、早く目覚めないとミト達にご飯食べられちゃうよー」

そう耳元で囁いた。

「う、うーん……ミト！　それは俺のだ返せー！」

リュカが急に大声を出して起き上がった。

「「「「リュカ～！」」」」

四人が起き上がったリュカに抱きついた！

「あれ？　俺……」

皆に抱きしめられ、自分の状況がよく分からないようだった。

「リュカ大丈夫？　どこも痛くない」

ディアが心配そうに聞いている。

「あんなに殴られたはずなのに、どこも痛くない」

「ミヅキ様が助けてくれたんだよ」

テオが教えるとすぐ横に私達がいる事に気がついた。

「ミヅキ……様が？」

「ミヅキ様！　ありがとう！」

ディアが私にお礼を言ってくれる、その姿は可愛いが気に入らない事が一つだけある。

「なんで皆様つけるの？　本当にやだ！　ねぇデボットさんなんでなの？」

「そりゃミヅキが色々やらかすからだろ、言われたくなかったら自重しろよ。普通の子供らしくしろ」

ブー！　そんな答えが聞きたいんじゃない！

「リュカ、テオ！　私は皆より小さいんだから様はいらないよ！」

「だって、ミヅキ様貴族だろ？」

「違いますー平民でーす！」

「「えぇー！」」

信じられない、と驚いている。

「平民なのになんで従者や従魔を連れてるんだよ？」

リュカが怪訝《けげん》な顔をして聞いてきた。

「ベイカーさんは保護者だよ。デボットさんは……」

なんて言おうかとチラッと見る。

「こいつの奴隷だ」

デボットさんが私を指さしながら答えるが、主人をこいつって言う奴隷ってどうなの？

まぁ全然いいんだけど。

「「奴隷!?」」

「なんで奴隷が普通に主人と話してるんだよ？　しかもタメ口だし……」

「なんで普通にしちゃいけないの？　そんなの決まってないよね。それに私はデボットさんを奴隷だなんて思った事ないし」

「俺もミヅキが主人って思ってないな」

「なんて思ってるの？」

デボットさんの気持ちに興味が湧く！

「超、超手のかかるお嬢様？」

「何それ！　お嬢様って！」

納得いかんと怒っていると、ラバが笑いだした。

「クスッ……なんか楽しそう」

「ああ、ごめんね。それでこれからどうするの？　リュカ達、ここで同じように住む？」

五人は顔を見合わせる。

「俺はミヅキの言ってた仕事してみたい」

テオが真っ先に答えた。リュカがテオの反応に一番に驚いていた。

「テオ、お前いつも決めるのは最後なのに」

「うん、でもミヅキなら大丈夫だって思った」

テオがニコッと皆に笑いかける。皆頷いている。

最後はリュカだと顔を向けると、私に頭を下げた。

「ミヅキ、お前の所で働かせてくれ！　頼む！」

「うん、よろしくね。あと出来ればもっと人を集めたいんだ、だから誰か紹介してくれる？」

「スラムの仲間に声を掛けてみるよ。昨日の芋を食べた奴らも気になってると思うから」

リュカが頷いた。

「ありがとう、じゃまた二日後に迎えに来るからそれまでに用意しておいて、その時に一緒に行きたい子がいたら連れてきてね」

「ありがとう、ミヅキ、俺達頑張るから」

リュカの言葉に頷くと五人を残してドラゴン亭に帰る事にした。

店の前ではマルコさんが心配そうに外に出て待っていた。

「ミヅキさん！　大丈夫でしたか？」

私達を見て元気そうな姿にホッとしている。

「マルコさんご心配お掛けしました！　全然大丈夫だよー！　それに……」

ふふふと含み笑いをする。

「人手確保に成功しましたー！」

私は親指を空に向かって突き出した！

シリーズ累計(電子含む)
90万部
突破!!
RC
Regina
COMICS
詐騎士
1〜10
SAGISHI
Presented by Kaitoko
Comic by Natsumi Asa
大好評
発売中!!
原作 かいとーこ
漫画 麻菜摘
アルファポリスWebサイトにて
好評連載中!
詐騎士 10
かいとーこ 麻菜摘
誘拐されたり
竜を駆る!
90
突破!!!
新感覚ファンタジー
待望のコミカライズ!!
ある王国の新人騎士の中に、一人風変わりな少年がいた。傀儡術《かいらいじゅつ》という特殊な魔術で自らの身体を操り、女の子と間違えられがちな友人を常にフォローしている。しかし実は、その少年こそが女の子だった! 性別も、年齢も、身分も、余命すらも詐称。飄々《ひょうひょう》と空を飛び、仲間たちを振り回す——。そんな詐騎士《さぎし》ルゼの偽りだらけの騎士生活!
B6判/各定価:748円(10%税込)
アルファポリス 漫画
検索

この作品に対する皆様のご意見・ご感想をお待ちしております。

おハガキ・お手紙は以下の宛先にお送りください。

【宛先】

〒150-6008 東京都渋谷区恵比寿4-20-3 恵比寿ｶﾞｰﾃﾞﾝﾌﾟﾚｲｽﾀﾜｰ 8F
(株) アルファポリス　書籍感想係

メールフォームでのご意見・ご感想は右のＱＲコードから、
あるいは以下のワードで検索をかけてください。

アルファポリス　書籍の感想　検索

ご感想はこちらから

本書は、「アルファポリス」（https://www.alphapolis.co.jp/）に掲載されていたものを、改題、改稿、加筆のうえ、書籍化したものです。

ほっといて下《くだ》さい４　～従魔《じゅうま》とチートライフ楽《たの》しみたい！～
三園七詩（みそのななし）

2021年 12月 5日初版発行

編集－加藤美侑・森順子
編集長－倉持真理
発行者－梶本雄介
発行所－株式会社アルファポリス
〒150-6008 東京都渋谷区恵比寿4-20-3 恵比寿ｶﾞｰﾃﾞﾝﾌﾟﾚｲｽﾀﾜｰ8F
TEL 03-6277-1601（営業） 03-6277-1602（編集）
URL https://www.alphapolis.co.jp/
発売元－株式会社星雲社（共同出版社・流通責任出版社）
〒112-0005 東京都文京区水道1-3-30
TEL 03-3868-3275
装丁・本文イラスト－あめや
装丁デザイン－AFTERGLOW
（レーベルフォーマットデザイン―ansyyqdesign）
印刷－中央精版印刷株式会社

価格はカバーに表示されてあります。

落丁乱丁の場合はアルファポリスまでご連絡ください。

送料は小社負担でお取り替えします。


ISBN978-4-434-29639-0 C0093